大玩家

侯发山 著

路过心上的经典散文
邂逅一生的悦读，愿你翻过每一页

线装書局

图书在版编目(CIP)数据

大玩家 / 侯发山著. —北京 : 线装书局, 2019.11(2022.7)
ISBN 978-7-5120-3735-9

Ⅰ. ①大… Ⅱ. ①侯… Ⅲ. ①小小说—小说集—中国—当代 Ⅳ. ①I247.82

中国版本图书馆 CIP 数据核字(2019)第 160265 号

大玩家

著　　者: 侯发山
责任编辑: 张　倩
装帧设计: 宋双成
出版发行: 线装书局
地　址:北京市丰台区方庄日月天地大厦 B 座 17 层(100078)
电　话:010-58077126(发行部)　010-58076938(总编室)
网　址:www.zgxzsj.com
经　　销: 新华书店
印　　刷: 唐山富达印务有限公司
开　　本: 640mm×910mm　1/16
印　　张: 18
字　　数: 210 千字
版　　次: 2022 年 7 月第 1 版第 2 次印刷
印　　数: 10001—20000 册
定　　价: 49.80 元

线装书局官方微信

在阅读中优雅老去

二十岁时，第一次去凤凰，不为古镇美景，只为能与偶居夺翠楼的黄永玉先生见上一面。

时逢雨季，沱江奔啸，烟波微茫信难求。苦待数日，仍没能等到想见之人。

在清冷的雨丝中独自徘徊，满心失落。无意走进一家书店，里面尽是沈从文先生的文本作品。无处可去，只好在僻幽的角落里翻阅旧籍。而后，一发不可收拾。

回程当日，总觉有重要东西遗落城中，寻思许久，才跑去那条巷子的书店里买了本周身泛黄的《边城》。这本有着深蓝小印戳的《边城》，至今仍安躺于我的书柜里——它不仅使我在未果的行程中找到些许补偿，更让我在之后的时光无比怀念二十岁的自己。

再后来，兴许命里所定，真与书结下了不解之缘。不但自己看书写书，更领着诸多热爱文学的人走上了自己想走的路。

我经常跟学生们说，阅读是写作的命脉，只有不断阅读，才能保持创作角度的新颖和思维的敏捷。然而，阅读所赐予的，又何止是这些？

不管在何时何地，只要手中捧着一本书，心里便会觉得安然。书不但能排遣无聊的寂寞，将岁月的伤痛逐一缝补，还能把心灵淬炼成一块玲珑美玉。

一个爱书之人，必是睿智且沉稳的。遇事不惊，处之泰然。古人所说的“腹有诗书气自华”，便是这意思。

生命本就是一次有限的跋涉。一个经常看书和一个经常沉迷在网游世界的人，心灵绝对是不一样的。前者，往往更能体悟一叶一菩提的真谛。

书本所给予心灵的力量，是不可言喻的。十年寒窗，说的并不是读书人的艰辛，而是意在表述读书人的坚忍和不懈。试问，有多少人可以在寒窗下十年如一日地重复做同一件事情？

正如北大教授曹文轩所说，世间最优雅的姿态，就是阅读。不论静坐还是倾卧，甚至在厕所里，它都是最美的姿态。因为这样的人，通常都会从骨子里散发出一种极具亲和力的书卷气。

阅读人物,通晓历史,可以从他人鉴知自己得失;阅读杂文,百味世事,可在辛言辣语中澡雪精神;阅读情感,温热肺腑,可居书香浓情里滋养心灵;阅读故事,体会人生,可于静谧岁月中倾情流泪……

每一种书,都是风景;每一本书,都是亟待窥破的秘密。

宋朝诗人黄山谷有一句名言:“三日不读书,便觉语言无味,面目可憎。”这其中说的,就是每日读书的重要性。

本系列图书，所遵循的就是这个简单的理论。通过遴选当下不同类型的精华文章，给读者送去不同的心灵养分——成长的人生让你懂得如何珍惜青春,成功的智者让你明白如何把握自己的人生,真情的自我让你寻回本真的感动,感悟让你看到世界别样的美好……

为了能找到年度最精华的文章,为了给读者省去寻找的烦琐,我们几乎把本年度的期刊翻了个遍,目的就是为了去其糟粕,取其精华。

我们的宗旨只有一个,就是为这个时代的读者,奉献好书。

但愿我们可以放慢忙乱的步伐,一起在欢愉的阅读中,优雅老去。

一路开花

2018 年 12 月书于云南曲靖

目录

第一辑　心　锁

第二辑　两把宝刀

第三辑　朋友圈

第四辑　传家宝

第一辑

心　锁

刘师傅微微一笑，说我虽然老了，但心不糊涂。说罢他转向大张，语重心长地说，孩子，干我们这一行的，必须做到心中只有锁而没有其他东西，心中还必须有一把不能打开的锁，那就是欲望！

守 灯

凌晨两点，守灯正睡得迷迷糊糊，被妈叫醒了。

海那边，万家灯火；海这边，黑魆魆一片。守灯随妈进灯塔里巡视了一遍，没有发现异常，便开始保养机器。眼下是夏天，白天这里五十多摄氏度，只有把活儿攒到晚上。一台台设备锃亮光洁，一尘不染，无疑，这是妈天天擦拭的结果。

守灯五岁之前没离开过这个岛，对这个篮球场一样大的岛再熟悉不过了，没有土、没有草，到处都是光秃秃的。想种点蔬菜都难，日头太毒，从外面运来的土过不了几天就被烤得焦干。台风一来，这些土很快就会被刮散，被海水冲走。上学后，守灯每到假期返岛的时候，总是不忘背上一大包泥土，好让妈踩一踩，接点地气……给养船半月来一次，送些蔬菜和淡水。周围除了鸟叫、风吼和浪涛，寂静得没有一丝生气。先后喂过五只狗，因为寂寞和孤独，结局都惊人的一样，狂叫着跳进了大海……

清理完灯笼，妈又用牛皮软布擦拭灯器。守灯说："妈，我来吧。"妈不让，说："擦这个是要紧的活儿，也是很细的活儿，用力要适当，要有耐心,稍不小心就可能造成损伤。”

看着妈认真的样子,守灯心疼地说:“妈,您这辈子就没想过走出这荒岛?”

妈叹道:“说不想是瞎话,但是,灯塔离不了人,若是夜里灯灭了,就会出大事。”

守灯知道,这个小岛周围有多处险滩、暗礁,夜间过往船舶,都需灯塔指引,方能安全通航。

天际泛白,渐亮渐红,大海也由黑暗变得光亮起来。接着是一道红霞,慢慢地扩展,辉映在无边的海面上。片刻,一个金红色的圆边露出来,一点一点地扩张、上升。后来,它似乎憋不住了,一下子蹦了出来。刹那间,这个金红的圆球发出夺目耀眼的亮光,海上射出万道金光……尽管守灯在这里多次看过日出,此时还是禁不住由衷地赞道:“太美了!在这里看日出一点不亚于‘浦门晓日’。”“浦门晓日”是岱山的一个景点,是观赏海上日出的好地方。

“守灯,你马上就要大学毕业了。”妈岔开了话题。

守灯明白,妈的潜台词是:你毕业后有何打算?妈还不到五十岁,头发已经花白了,脸色黑红黑红的,额头上的皱纹一道一道,像是刻出来的。守灯鼻子一酸,说:“妈,我想把您带到城里去,让您安享晚年。”

妈固执地说:“我不走,我要在这里陪你爸。”

守灯的爷爷民国时期就在这里看护灯塔,后来父亲接了爷爷的班。十年前父亲被台风卷走后,妈就接管了守护灯塔的任务。妈说,虽说没有找到父亲的尸骨,但是父亲的魂在岛上、在灯塔里。

“为啥给你取名‘守灯’?守灯守灯,就是要确保灯不出问题,让来往的船只安全地经过。”妈大声说道,似乎生气了。

妈终于把话挑明了。妈曾不止一次地说过，他的命是渔民给的，生他的时候难产，当时台风突降，大雨倾盆，是渔民叫来了医生，母子才平安。

“你不回来，妈就一个人守！”妈的声音哽咽了。

随着守灯的成长，小岛也在悄悄地发生着变化，灯塔变了，塔身由矮小到高大，灯塔能源从乙炔到干电池再到太阳能。装上新设备后，妈看不懂设备上的英文标识和操作说明，原理也搞不明白。只有小学文化的她就自学英语和航标专业教材，每天写工作日记，积累了丰富的经验。如今，她已摸索出了一套初步诊断和治疗小毛病的方法。

守灯决定给妈摊牌，不能让妈胡乱猜疑了。他揽过妈瘦小的肩膀，说：“妈，我在学校跟导师进行了智能化航标系统设计的课题研究，实现遥测遥控功能不再是梦想。不久的将来，岱山的近两百座灯塔，不，全国的五千余座灯塔，采用自动化系统，就不用人看守了。”

“真的？”妈又惊又喜，眼里蒙了一层雾。

守灯重重地点了点头，说：“妈您放心，塔上的灯不会灭，我心里的灯更不会灭！”

“你这孩子，咋不早说？”妈轻轻捶打了守灯一下。她眼里的雾散了，泪出来了。

这时，一艘船舶从灯塔旁边缓缓经过，拉响了汽笛，嘹亮、悠扬。守灯心里暖暖的、满满的。他知道，船舶是在向灯塔致敬，是在向妈致敬，也是在向他致敬。

爷爷的抗战

早年，当地流行这样一首顺口溜：“侯家有绝招，染衣蓝如宝，穿到花花烂，颜色依然好。”说的就是爷爷。爷爷不但会染布，还会印花，即在染出的布上做出图案，俗称“夹花”，蓝底白花，式样十分别致。除了黑白图案，爷爷还能鼓捣出彩色图案，据说其华丽程度能赶上皇帝上朝时穿的龙袍。

1943年深秋的一天，一支八路军的队伍穿上爷爷染的衣服刚走，日本人就来了，领队的是山本一郎。山本一郎把村里人集合在一起，架起了机枪，要大伙说出八路军的下落，否则一个不留通通杀掉。

爷爷战战兢兢地站了出来，他没说出八路军的下落，反说要给日本人染布，染出一套八路军的服装。

上个月，曾有五个八路军穿上日本人的衣服混进了一个驻守十多个日本人的据点，等到日本人明白过来，已经被缴了械做了俘虏……太耻辱了！太丢皇军的脸了！依照中国人的说法，报仇雪恨的最佳方法就是以其人之道还治其人之身！山本一郎明白了爷爷的意思，得意地哈哈大笑。

爷爷有条不紊地忙活开了。他把染缸全部清理出来，先把主要成分槐米以及靛蓝、茜草、红花、姜黄、栀子等五颜六色的东西按一定的比例一一倒入各个染缸里，然后把日军的衣服放进缸里。染一次约十分钟，拉上后绞干，抚平，又染……当时已是深秋，天气冷飕飕的。一会儿工夫，爷爷就甩掉衣服光着膀子干起来。只见爷爷身上亮晶晶的，像刚从水里出来一样，脊梁沟的汗水像小溪似的往下淌。监视的两个日本人伸出大拇指："你的，良民，大大的！"得到日本人的称赞，爷爷的脸就蹙成核桃状，一脸的惬意，干得更加卖力了。

经过浸色、晾晒等工序后，日本人的衣服已经变成了土黄色，跟八路军穿的不差分毫。山本一郎兴奋得像一条发情的公狗，让属下统统换上了这些土黄色的衣服。之后，就雄赳赳、气昂昂地上路了，很像那么回事儿，如果不叽里咕噜地说话，足以达到以假乱真的效果。

日本人走后，乡亲们都不搭理爷爷，私下里称爷爷"汉奸"。

时隔不久的一天晚上，染坊着火了。因有一批活儿要做，爷爷当晚住在了染坊。等奶奶得知消息赶到染坊时，只见火焰熊熊，蹿了几丈高，火光把半个天都照亮了。火太大了，根本到不了跟前，只能眼睁睁看着染坊被一点一点烧成了灰烬。爷爷被烧成了一具焦黑的干尸，像是枯干朽掉的树干。

本家的五爷也在场。他叹口气，说："这事可能是八路干的……他、他也是自作自受，不值得为他难过。"

中华人民共和国成立后的一个春天，当地民政部门陪同当年曾在村里驻扎过的部队政委来到村里，他们来找爷爷证实一件事。

听说爷爷死于非命，政委灰着脸，黯然半天，讲出缘由：1943 年的秋天，那一天，天空很亮很蓝，阳光像金粉一样耀人眼目。八路军正在山上埋锅造饭。忽然哨兵报告远方走来了山本一郎的队伍。当时没有认出来是小鬼子,以为是自己的队伍,因为小鬼子们穿的也是跟八路军一样的衣服！他们正要上前打招呼,不料却看到了奇观——在太阳的直射下,小鬼子们穿的衣服由土黄色变成了白色,而且,每件衣服的前胸后背上都出现了一个膏药旗！正当八路军惊奇之时,小鬼子们也发现自己身上的衣服颜色发生了变化,他们哇哇叫着乱了阵脚。八路军反应迅疾,纷纷开枪射击,不到五分钟就歼灭了这股日军……事后,八路军猜测这件事是爷爷干的,因为之前把八路军的衣服染成日本人的服装也是爷爷的杰作,由于当时战事繁忙,没有回来给爷爷请功。

奶奶听得很平静,她的脸木木地呆了好久,眼里的泪才虫似的爬了出来,一串一串往下坠,豆粒似的滚了一地。她哭了一会儿,想了一会儿,才喃喃说道:“老头子,你、你死得屈啊……”接着呜呜地哭起来,哭声悲切,像是老牛的哞叫。

听着政委的一番话,村里的老少爷们不住地感慨着,有悲凉,有戚然,也有赞叹。有一个人例外,那就是五爷。他的样子怔怔的,像着了魔一般。他不住地喃喃自语,你咋就不说一声呢？你咋就不说一声呢？

等到村里人再见到五爷时,他已经吊死在了爷爷坟前的一棵柳树上。

三个月后,奶奶无疾而终。她咽气时,表情很安详,上身穿着一件华丽的衣服,像古时皇后娘娘穿的袍子,五颜六色,花红柳绿。虽然是老粗布,图案也是手工印染出来的,但是依然鲜艳,好看,扎人的眼。

传　奇

放学的铃声一响，似乎转眼之间，同学们都一个个兴高采烈地被爸爸妈妈接走了，唯有丫蛋形单影只，孤零零走出幼儿园大门。那一场突如其来的大地震，使得丫蛋永远见不到爸爸了，妈妈的一条腿也残废了。为了养家糊口，妈妈一天到晚就在街口卖烤红薯。妈妈给学校老师求情，说丫蛋今年都五岁了，非常懂事。学校这才破例，每次放学后，丫蛋不需要家长接，可以独自一个人回家。学校与家相隔不远，不到两里地。如果丫蛋在路上不玩耍，也就十分钟左右的时间。

风呼啸着，刀子一样刮着人的脸。丫蛋背着小书包，东张西望，磨磨蹭蹭不愿赶路。忽然，他看到前面不远处围着一堆人，还不时传来阵阵喝彩声，他这才一蹦一跳跑了过去。

原来是一个坐在轮椅上的中年汉子在表演魔术。丫蛋赶到的时候，他正在表演“空手取物”的魔术——他伸出空荡荡的双手，让大家看看，确认他手里没有什么东西。然后，他的两只手捂在一起，翻来覆去地转动。同时，他用嘴往手上吹了三口气。接下来，他的右手猛地往前一伸，像是要抓什么东西似的。待他打开攥着的右手，手心里有一只乒乓球！围观的人都拍手叫好，嚷嚷着让他再表演一个。

丫蛋脱口说道："叔叔，您给我变出一个红围巾好不好？"

围观的人愣了一下，明白过来后都跟着起哄，让中年汉子赶快变出一条围巾来。

中年汉子面红耳赤，手忙脚乱。

丫蛋以为中年汉子不给他变，忙说，叔叔，我妈妈没有钱买围巾，脸冻得又青又红……我想让您给她变一条红围巾。

中年汉子回过神来，说，小朋友，叔叔可以给你变，但现在叔叔肚子饿了，饿了就变不出围巾，我明天给你变，好吗？

围观的人都轰地一声四下散去了，他们根本不相信中年汉子的话。丫蛋认真看了看中年汉子，重重地点了点头，满怀希望地回家了。

第二天，天空飘起了雪花。下午一放学，丫蛋就飞快赶到了老地方。由于天气恶劣没有观众，中年汉子没有表演魔术，他的身上披了一层雪花，从远处看，简直就是个雪人。丫蛋两眼一亮，喊了声"叔叔"。

中年汉子忙说，小朋友，叔叔今天就给你变出一条围巾来。说罢，中年汉子舞动两手，没有舞动几下，果然就变出了一条红色的围巾！

丫蛋怔了一下，兴奋得哇地叫了一声，抓起围巾转身往家里跑去。

因为路滑，中年汉子的轮椅走得很慢。他没有走出多远，丫蛋就气喘吁吁追上来，从书包里掏出红围巾要还给中年汉子，噘着嘴说，妈妈说了，不能要叔叔的东西。

中年汉子想了想，说，叔叔的东西是变出来的，是专门给你变的，你不要谁要啊？叔叔能变出来的东西太多了，家里都没地方放。

丫蛋想不出反驳的话来，才又把围巾装进书包，高高兴兴地走了。

第三天，天放晴了。这天是个星期天，中年汉子正在老地方表演魔术，丫蛋呼哧呼哧跑来了。

丫蛋眼睛一眨巴，说，叔叔，你给我变出两个烤红薯好吗？

这孩子怎么捣乱来了？中年汉子为难了，不知道该如何应对这个场面。

围观的人都想看热闹，催促中年汉子变烤红薯。其中有个小伙子冷嘲热讽道，你不是会变吗？赶快变啊？你要能变出烤红薯来，我给你一百元钱！

这个、这个……中年汉子张口结舌，真急了。

谁说叔叔变不出来？叔叔变得烤红薯在我的兜里呢。丫蛋说罢，把两只烤红薯从兜里掏出来，趁着中年汉子愣怔的时候，放到他手里咯咯笑着转身跑了。

嗬嗬，这个孩子！拿着热乎乎的烤红薯，中年汉子的眼睛湿润了。

此后，丫蛋和中年汉子就成了非常要好的朋友。中年汉子经常给丫蛋变书包、变形金刚、作业本等学习用具和玩具来。丫蛋呢，也常给中年汉子带一些好吃的，如葱花油馍、豆腐包子、三鲜饺子，更多的则是烤红薯。

大约一年后，有一天，丫蛋忽然对中年汉子说，叔叔，你给我变出一个爸爸来好吗？别人都有爸爸，就我没爸爸。丫蛋说罢，显得很无奈、很无助。

中年汉子拉过丫蛋的手，苦笑着说，丫蛋，这个叔叔真做不到。

叔叔撒谎，妈妈说叔叔能给我变出一个爸爸来。丫蛋天真地说道。

你妈妈？中年汉子心里一动，似乎明白了什么。

那不是，妈妈来了。丫蛋叫道。

中年汉子抬头一看，看到一个拄着单拐的女人一步一步朝他走来，女人的脖子上围着一条鲜艳的红围巾。中年汉子迟疑了一下，转动轮椅迎上前去……

后来，丫蛋就改口叫中年汉子“爸爸”了。

手 机

羊肠似的山道上，一辆长途客车蛇样地爬来绕去。远远望去，倒像一只蜗牛在蠕动。

这是一辆从省城开往乡下的客车，车内座无虚席，从衣着打扮上看，各色人等都有。乘客当中，有的昏昏欲睡，有的在眺望窗外的风景，还有不少人在“玩弄”着各自手中的手机。

一个头发一缕黄一缕红的小伙子捧着手机在认真地打游戏，嘴里还不停地发出或惊喜或懊恼的叫声，一惊一乍的……

一个红光满面、大腹便便、怀里抱着公文包的秃顶男人把手机贴在耳边指点江山，颐指气使地说，办公室吗？通知各单位负责人明天上午九点在机关二楼开会……

一个西装革履、一只手上戴着两只金光闪闪戒指的中年汉子旁若无人地对着手机吆喝，老大，价格不能再低了……

一个打扮新潮、红嘴唇、黑眼圈的时髦女郎把手机贴在腮边窃窃私语……

一个抱着书包的中学生在用手机播放流行音乐，听得出正在播放的是周华健的《真心英雄》:灿烂星空谁是真的英雄,平凡的人们给我最多感动,再没有恨也没有了痛,但愿人间处处都有爱的影踪……

他们的脸上或幸福,或甜蜜,或陶醉,或灿烂。因为这是一个刚刚流行手机的年代,手机是富有的象征,手机是身份的标志。

车厢最后面的角落里蜷曲着一个乡下汉子,大约三十岁,他蓬头垢面、胡子拉碴的,身边塞着一个饱满的蛇皮袋。他是在城里打工今天回家的。他抻着脖子羡慕地看看这个的手机,瞧瞧那个的手机,偶尔咽一下口水。他的上衣口袋里也有一部手机,那是他在城里刚刚买来的。与那些漂亮、精致的手机相比,他的手机实在不算什么,档次低、价格廉,和他的人一样不显山不露水的。他把手伸进上衣口袋里,摩挲着里面的手机,爱不释手。看到大家都在纷纷打电话,终于,他也忍不住了,于是掏出手机拨打起来:"梅花吗?我在回家的车上。嘿嘿,没事,我不是想你们嘛。我天黑就到家了……"乡下汉子的声音不大,生怕大家听见似的。

当客车吭哧着爬到半山腰时,车厢里有了骚动。有两个流里流气的青年把一个青春靓丽的姑娘挤到窗边,动手动脚地猥亵她,光头青年用手捏着姑娘的脸蛋,不怀好意地奸笑着;另一个黑胡青年去拽姑娘的衣服……姑娘发出惊恐的尖叫,她一边挣扎一边用求救的目光望着周围的乘客。遗憾的是,周围的乘客都闭上眼睛睡着了,那些打手机的乘客不知什么时候悄悄地关了手机也闭上了眼睛。

这时,只见那个乡下汉子迅速站起来:"住手!你们干啥?再不放手我就报警了。"说罢扬了下手里的手机。那两个流氓吓了一跳,当看清管闲事的人是谁时,不约而同地冷笑了一下,旋即放过小姑娘朝车厢后面走去。光头青年瞪着眼睛恨恨地说:"我看你是活腻了,敢管老子的事……”黑胡青年阴着脸，也不说话，走到跟前，挥拳打在乡下汉子的胸脯上。乡下汉子一边躲避一边出手反抗。乡下汉子伸出的拳头戳在了黑胡青年的鼻子上，顿时，鲜血从黑胡青年的鼻孔流出来。这下惹恼了黑胡青年，他从腰里摸出一把匕首猛地扎向乡下汉子的肚子……

看到血流如注的乡下汉子，车上的其他乘客被激怒了，纷纷从座位上站起来出手相救。短短几分钟的时间，就把两个流氓给捆绑起来。这当中，有人拨打了“110”，报告了所在的方位以及车牌号；还有人拨打了“120”，联系附近的医院。乡下汉子的血还在流，脸色也越来越苍白……长途客车不停地打着喇叭轰鸣着往山下疾驶。

“110”把两个歹徒带走了。

“120”把乡下汉子拉走了。

由于乡下汉子失血过多，最终没抢救过来。尽管车上的乘客都跟随到了医院，但没人知道乡下汉子的情况，不知道他姓甚名谁，不知道他家住哪里。有人记起乡下汉子有部手机。警察便从他的血衣里掏出手机，准备从里面调取号码和他的亲属联系。当擦拭去手机上的斑斑血迹，在场的人都愣住了，因为这是一部玩具手机！

那部玩具手机是乡下汉子给他三岁的孩子买的，这是后来人们才知道的。

康乡长的忙

南湾村地处偏僻，山里没什么矿藏资源，村里也没一家企业，是石庙乡有名的穷村，别的地方早几年都奔上了小康，这个村的温饱却还解决不了。几十年来，山还是那座山，河还是那条河，一如过去的山清水秀，没什么变化……新上任的康乡长到任后，听说了南湾村的情况，就抽个双休日下乡了。

南湾村村主任老贵喜出望外，以为又是康乡长来给他们送扶贫款和救济物资的。谁知康乡长一分钱也没给他捎，一壶油也没给他带，而是让他领着去山上、河边瞎逛。老贵不知道康乡长的壶里卖得什么药，于是心一横，只管吊着脸说村里的小学校舍破破烂烂该补了，说村里的道路坑坑洼洼该修了，说他老贵在村委多年的工资没得过一分……

康乡长也不搭话，任由老贵哭穷。这时，他看到小河边几只嬉水的鸭子，就两眼放光，说老贵，村里养鸭的不少吧？

老贵点点头，说康乡长，村里人都拿鸭屁股当摇钱树哩，鸭蛋也不舍得吃，都攒起来拿到镇上换油盐酱醋了。

康乡长点了点头，没说话。

中午在老贵家吃饭时，老贵又厚着脸皮提出让乡里帮助南湾村脱贫。康乡长说老贵，乡里也有乡里的困难……这么着吧，你先帮我个忙，只要这个忙你肯帮我，我一定让南湾村摆脱贫困，走上致富路。康乡长的话音刚落，老贵就激动得差点把手里的饭碗撂地上，说乡长让我帮啥忙？

康乡长微微一笑，说老贵放心，这个忙你一定能帮上，我想要一些鸭蛋。

老贵松了一口气，说这个没问题，我现在就让老伴去村里弄。

康乡长摆摆手，说不急不急，我要得多。你们村多少户人家？

老贵迟疑了一下，说不多不少二十户。

康乡长说每户三百个，总共六千个。

老贵吃了一惊，心说这么多？但他也只是愣了一下，权衡利弊后，便拍着胸脯保证，说好，没问题，康乡长你可说话算数？

康乡长就严肃着脸，说君子一言，驷马难追！

村里的老少爷们知道这件事情后，不用老贵过多地做思想工作，都开始把鸭蛋给康乡长攒了起来。半个月时间，老贵根据各户报的数字，算出已经有六千个鸭蛋了。

康乡长闻讯就又驱车去了南湾村。出乎老贵的预料，康乡长竟得寸进尺、得陇望蜀，说再麻烦老贵一下，把六千个鸭蛋全孵成小鸭。官大一级压死人。老贵心里窝火，但他没别的办法，只好满口应承下来。

六千个鸭蛋全部孵成小鸭可是个难事，村里没地方不说，也没资金去折腾。但老贵和他的村民们很快就解决了这个问题，那就是谁家的鸭蛋谁家负责孵成小鸭，各人做各人的。老贵感动得差点掉眼泪，真想跪到地上给老少爷们磕几个响头。

过了一段时日，小鸭孵出来了。康乡长得到消息后，说老贵这样子，你们把这些小鸭给我养大了吧，到时候再跟我联系……我不会亏待南湾村的，我说过的话算数。

老贵只有唯唯诺诺地答应下来，心里却骂康乡长不是东西，说他的胃口也太大了，心也太黑了。

南湾村的老少爷们却没难为老贵，还是老办法，谁家的小鸭谁家饲养。因为他们心里有盼头，记挂着康乡长的承诺，所以把这件事情看得很重。大伙儿唯恐把鸭养糟了，怕康乡长不兑现他的承诺，都想方设法、千方百计把鸭养好。把盖房的木料拿出来，建起了结实的鸭舍，实行圈养；一改过去让鸭自己出去找食儿的饲养方法，也开始给鸭喂起了饲料；购买了养鸭资料，开始学习养鸭技术……

又过了一段时间，老贵挨家挨户看了看，小鸭都长成了大鸭，一个个肥嘟嘟的，很茁壮。

老贵就骑个破自行车到乡里，找到康乡长说小鸭都长成大鸭了。康乡长喜出望外，连声说了几个好。随后，康乡长打了个电话，放下电话后就兴奋地对老贵说，明天我们先去看看。

第二天，康乡长就去了南湾村，随他去的还有一个戴眼镜的中年人。村里到处都能听到鸭的聒噪声，构成一片热闹的喧闹声。

到村民家里看过鸭，康乡长和戴眼镜的中年人都十分满意。康乡长对老贵伸出大拇指，说祝贺南湾村成为我们乡的养鸭基地！

老贵糊涂了，如坠云里雾中。

那个戴眼镜的中年人说话了。他说老村长，我们集团是生产加工“北京烤鸭”的……我刚才看了大家养的鸭，符合我们公司的相关要求，比我想象的还要好，按照市场价格，明天我们来车装运。

老贵看看康乡长，又看看那个戴眼镜的中年人，似乎还没明白过来。

康乡长笑了，说老贵，这下南湾村的老少爷们可都有事做了吧，今年乡的扶贫款可就没你们村的事了。

那个戴眼镜的中年人对老贵说，接下来我们要签订一个长期的供销合同，但你们要扩大养鸭规模，保证常年给我们供货……

老贵和在场的村民总算明白过来了，不由得鼓掌叫好。老贵说谢谢康乡长！谢谢康乡长！

谢我什么？你们是猪八戒啃猪蹄，自己分享自己的果实，要谢该谢你们自己！康乡长的脸笑得像一朵盛开的向日葵。

纸条做成的炮弹

那是1938年的初夏，法国青年施罗克利用假期到德国旅行。他喜欢异国他乡的木屋、牧场、葡萄园，还有古堡、钟楼和宫殿，踏着格林兄弟的足迹，仿佛置身于童话般的景致中。他在旅途中认识了德国姑娘娜娜，娜娜温柔善良，热情大方。两个人一见钟情，很快就坠入了爱河，爱得一塌糊涂，恋得如胶似漆。

他们泛舟莱茵河上，一边观赏着矗立在岸边的罗累莱山岩，一边憧憬着美好的未来。施罗克说等他学业结束，就来接娜娜去巴黎，让她见识埃菲尔铁塔的雄姿，领略香榭丽舍大道的风情，感受巴黎圣母院的神秘……娜娜幸福地依偎在施罗克的怀里，脸上洋溢着新娘般的灿烂。她接过施罗克的话题，忘情地说，我们晚上在塞纳河上划着小船，听着肖邦的小夜曲，该是多么浪漫呀。

第二次世界大战的炮火把他们的美梦粉碎了。施罗克不得不与心爱的娜娜姑娘吻别，匆匆返回了法国。从此，两个人天各一方，失去了音信。

巴黎沦陷后，施罗克作为一名热血青年自愿加入了同盟军，成为一名战斗机的驾驶员。他把对娜娜的思念转化为对法西斯的仇恨。在战斗中，他表现出色，每次都能完成侦察或轰炸任务。每到夜晚，听到前沿阵地上炮弹的呼啸，看到爆炸的火焰照亮天空，他的心就紧紧的，担心娜娜是否被卷入了战争，她的正常生活秩序是否被打乱，甚至想到她是否加入了法西斯侵略者的队伍……他不敢想象，但又不能不去想。如果娜娜被强征入伍去当慰安妇或是护士，她肯定会痛苦不堪、度日如年的；假如她不助纣为虐，希特勒的追随者会放过她吗？施罗克在祈祷着反法西斯盟军收复失地打败德国的同时，又害怕娜娜受到无辜的伤害成为战争的牺牲品。

美法盟军发起的“龙骑兵”战役出动了近5000架飞机，其中就有施罗克驾驶的一架。伴随着飞机的行动，数百门盟军的大炮昂首齐吼，像雷电打闪一样开始了急袭。天在摇，地在颤，天地似乎要裂开了。施罗克很是激动和兴奋，他完全沉浸在复仇的快感里，飞机一阵俯冲，炸弹成串地朝下面投掷，到处是一片烟和火的海洋。

施罗克驾驶的飞机在低空盘旋着，搜索着攻击的目标。德军的高射炮似乎发现了他驾驶的这架飞机，嗖嗖嗖地发射着炮弹。施罗克镇定、沉着，凭着他娴熟的驾驶技术，躲避着炮弹的袭击。猛地，一枚炮弹从侧面飞来，准确无误地打到了他的飞机上。感觉到飞机剧烈地一抖，他就绝望地两眼一闭，似乎要感觉飞机爆炸的那一瞬间。然而，出乎他的意料，飞机只是剧烈地摇摆了几下，并没有意外发生。他大喜过望，心说既然这条命是捡回来的，还有什么可怕的？于是，他又驾驶着飞机勇敢地冲进了敌占区。蓦地，他发现了德军的一个重要军事目标——那是德军占领捷克斯洛伐克后控制的一座大型兵工厂！飞机俯冲下去，他瞄准目标，随着抛下的炸弹，一声尖厉的、直刺天空的声音过后，引爆了兵工厂内的弹药库里的炮弹，接二连三的爆炸撼天动地，地面成了红色火海。施罗克下意识地看了一下仪表盘，发现飞机油箱的指针在非正常地闪动，他急忙驾机掉头返回了基地。

施罗克驾驶的飞机伤痕累累，惨不忍睹。令战友们惊讶的是，一枚德军的炮弹竟然钻进了飞机的油箱里，就是施罗克看到从侧面打去的那枚炮弹，居然没有爆炸！机械技师小心翼翼地从油箱里取出炮弹，拆开弹体，发现弹壳里根本没有炸药，里面有一张用德语写的小纸条：

我痛恨战争，但我能做的仅此而已！

在场的人都沉默不语，脸上充满了对这位反法西斯者的无限敬意。施罗克随意地翻转了一下纸条，突然发现在纸条的背面也有一行字：

亲爱的施罗克，你在哪里？

想你的娜娜

施罗克的大脑瞬间成了被删除过的存储器，一片空白。当他大脑里的内容恢复后，他的脸扭曲着笑了笑，喃喃自语地重复着几个不连贯的词：炮弹、娜娜、兵工厂、轰炸……

后来，盟军在战场上又发现了十几枚同样没有炸药、有着一样内容的纸条炮弹。

1945年第二次世界大战结束后，施罗克被送进了精神病院，一直到死都还是疯疯傻傻的。当然施罗克也不可能知道，在他轰炸那个兵工厂之前，娜娜就因反法西斯行为被察觉而罹难。

心锁

刘师傅因当年小儿麻痹留下了后遗症，走起路来不利索，一瘸一拐的，找不到别的吃饭门路，就在街口那儿摆了个修锁的摊子。随着岁月的流逝，修锁无数的他练就了一门高超的技艺，只要是锁，没有他打不开的，被人誉为“锁王”。因此，他在当地成了不大不小的名人，可以说是家喻户晓、妇孺皆知，就连当地的公安部门也和他常来常往，一旦有案件上需要开锁的事儿，便请他去帮助解决问题。刘师傅因有了这手绝活儿，被人敬重不说，还吃香的喝辣的，日子十分滋润。

为了学到刘师傅的绝技，就有不少人动了心思，有的采取金钱开路，有的利用美色诱惑，有的进行威逼要挟……但他都一一拒绝了。时间久了，大家都知道他的这个古怪脾气，也就没人自讨没趣拜他为师了。但是，这并不影响刘师傅的声誉。他心地善良、乐善好施，若你修锁一时没钱，只管走人就是，他从不开口讨要，等你下次来一并付时，他却早把这事给忘了，淡淡地说有这茬事儿吗？若是听到谁家有了难事，就让人捎去三十元、五十元的。后来，他的年纪渐长，身体也一天不如一天，大家都劝他物色个徒弟：左邻右舍怕丢了钥匙进不了家门；当地的公安部门怕他的绝技失传影响案件的进展……刘师傅便动了心思，心说他这门技术还真不能后继无人，要不然会给大伙带来多少麻烦、多少不便啊？于是，他经过层层筛选，初步物色了两个年轻人，一个叫大张，一个叫小李。

这是多少人梦寐以求的好事啊！因此两个年轻人乐得屁颠屁颠的，每天围着刘师傅嘘寒问暖，跟敬佛似的。一段时间过后，大张和小李都学到了不少东西，配个钥匙修个锁的都不成问题，但他们学的也只是皮毛，还没有得到刘师傅的真传。刘师傅呢，有他的想法，认为他的绝技只能单传，也就是说只能传给其中的一个人。大张聪明伶俐，为人热情豪爽；小李木讷老实，心地善良……两个徒弟各有千秋，不分伯仲，传给哪个好呢？刘师傅为难之余，决定对他们两个进行一次测试，谁的表现好就把真经传给谁。就这样，刘师傅弄来了两个保险柜，分别放在两个房间内，然后让大张和小李去打开。

大张用了不到十分钟就把保险柜打开了，在场的人都为他高超的技术叫好。大张自以为胜券在握，也就掩饰不住一脸的得意。小李用了十五分钟才把保险柜打开，技术明显不如大张。小李红着脸看了刘师傅一眼，但刘师傅并没责怪他。在场的人也都一致认为，刘师傅要淘汰的将是小李。从另一方面讲，大张是个下岗职工，妻子常年有病，日子说不出的艰难，相比之下，小李的家庭条件要优越得多。

刘师傅平静地问大张，说说你打开的保险柜里都有什么？

大张喜形于色，悄声说师傅，保险柜里有一沓百元的钞票、一个金戒指、一块手表、一条项链。

刘师傅转身问小李，说说你打开的保险柜里都有什么？

小李的鼻尖上渗出了汗珠，笨嘴拙舌地说师傅，我没看保险柜里都有什么，您只让我打开锁。

刘师傅赞许地对小李点了点头，说好，好，好！然后，刘师傅郑重地当场宣布，小李正式成为他的接班人。众人大惑不解，议论纷纷。大张也表示不服气，忍不住说，凭什么呀？难道小李的手艺比我好？刘师傅没有说别的，而是拍了拍大张的肩膀，说凭你的手艺和聪明，回去开个修锁的铺子还是饿不死的。大张心犹不甘，那样子似乎非让师傅解释清楚他输给小李的缘由。刘师傅叹了口气，遗憾地说，因为你打开了两把锁。大张愣愣不解，说师傅你冤枉我，我刚才只打开了一把锁啊？在场的人也都随声附和，说是啊，大张并没做错什么啊，刘师傅是不是糊涂了？刘师傅微微一笑，说我虽然老了，但心不糊涂。说罢他转向大张，语重心长地说孩子，干我们这一行的，必须做到心中只有锁而没有其他东西，心中还必须有一把不能打开的锁，那就是欲望！

在场的人恍然大悟，大张的脸倏地红了。

·大海情

夜已经很深了。海风轻轻吹来，飘荡着一种大海特有的鱼腥味。热闹一天的码头没了脾气，只有路灯和渔船上闪烁的灯火还显示出些许生机。大勇提着一袋鱼走上码头时，一眼就看到了慧芳和她的三轮车，疲惫一扫而光，加快了脚步。自从慧芳开上三轮车后，只要大勇出海，不论刮风下雨，不管回来的有多晚，她都在码头上等他。

没等大勇走到跟前，慧芳就突突突地发动了车子。大勇把袋子撂进车厢，然后自己也跳了上去，随即，三轮车就突突突地开走了。

大勇看着慧芳花白的头发，说："嫂子，出海回来没有早晚，以后就不要等我了。"其实，这话他已经说了好多遍。

慧芳呸了一声，说："别自作多情了，我等你？我是等生意哩。"

大勇说："你等生意？我坐车你可从来没收过钱……"

慧芳打断大勇的话，说："你给我鱼也没要过钱啊？"

"我跟秋魁不是朋友吗……"大勇话一出口就意识到不对了。秋魁是慧芳的丈夫。十二年前，大勇和秋魁一起去南海捕鱼，遭遇台风，秋魁葬身海底，连尸体都没找到。给秋魁办后事时，慧芳扎了一个草人，穿上秋魁的衣服，拿到海里去涮一涮，沾沾海水的味道，将草人埋了起来。此后，好长一段时间，慧芳都打不起精神。她和秋魁结婚才八年，他们的孩子小海刚上小学，她能不伤心吗？后来，为了补贴家用，就买了辆三轮车在镇上跑出租……这么多年，慧芳似乎忘却了痛苦，现在提起秋魁，不是又勾起慧芳的伤心事了吗？大勇张了张嘴，不知道说什么才好。

慧芳打破了沉默，用轻松的语气说道：“大勇，以后不要把打来的鱼给我了，还是赶紧攒钱找个媳妇吧。”类似的话，她也说了无数遍。

大勇说：“要找一个像嫂子这样贤惠的难啊。”他曾托人给慧芳说过多次，甚至当面说要娶她，她都以小海还小为由拒绝了。

慧芳轻轻叹了口气，转变了话题：“大勇，求你一件事，行不？”

“好，好，好。”大勇忙不迭地应道。

慧芳说：“小海马上就高中毕业了，我想让他跟着你出海，学习下氧……”“下氧”是当地的俗称，就是潜水捕鱼，潭门最普遍的一种捕捞方式。和其他地方的渔民不同，在南沙由于多数都是岛礁，渔民只得采用深海捕捞方式，下到10多米深的海下捕鱼。

“不行！”大勇很坚决地拒绝了。

“为什么？你的技术不外传？出海就是兄弟，遇事互相帮助。这可是咱潭门祖传的规矩。”慧芳有点生气了。她知道，大勇10岁起就出海去南沙了。从小就在海边长大的他，不穿潜水服，最深的时候可以潜到水下20多米，一口气下去能在水里待上四五分钟。

大勇是无论如何也不会同意小海出海的。慧芳的命很苦，两岁时，父亲出海遭遇海难再没回来；结婚八年，丈夫也出海未归。如今让小海也出海，难保不出事……唉，大勇叹了口气。

慧芳显然知道大勇的心思，说："大勇，咱这里的人都是'海里的渔民'，离了海怎么能行呢？我为啥把孩子取名小海？再说，如今渔船都是机械动力了，船上有卫星导航系统、电台，有气象预报，还有南海救助队，能有啥危险？"

话虽如此，但是，常在河边走，哪能不湿鞋？今年潭门镇死了两个"下氧"的水手。大勇忍不住说道："嫂子，你为什么不同意嫁给我？不就是担心哪一天我……"

"不许胡说八道！"慧芳猛地踩了刹车，扭过头来狠狠瞪着大勇。

大勇看着慧芳的凶狠劲，像个做错事的孩子，一副等待着大人处罚的样子。

慧芳忽然软着声音说："大勇，嫂子求你了，就让小海跟着你出海吧。"

大勇说："嫂子，珊瑚礁里的东西越来越少了，而且它们都成了保护生物，连珊瑚礁，也已成为保护对象。"

慧芳不服气地说："咱潭门镇渔民的祖先就是以珊瑚礁为生……"

"嫂子，还是让小海继续上学吧，就上海洋大学……听说咱中科院南海海洋研究所已经攻克了珊瑚的繁殖发育难题。不远的将来，也会解决各种贝类的人工养殖问题。到那时，咱潭门镇的渔民就有出路了。"说到这里，大勇的眼睛闪烁着光芒。

慧芳猛地按了一下喇叭，加足了油门。三轮车猛烈颠簸着，像扑进水里的鱼儿撒欢般地往前蹿。

大勇忽然叫道："嫂子，停车，停车，我到家了。"

"你到家了，我还没到家呢。"慧芳大声说道。

大勇打了个尖厉的呼哨，脸上露出了久违的笑容。

年夜饭

鞭炮声越来越大，天色阴沉得像一块没洗净的抹布，远处的山都模模糊糊的，跟天连在一块了，花奶奶意识到该做年夜饭了。

花奶奶在屋里转了两个来回，瞅到案板上的半碗萝卜菜，晌午的剩菜，她那混浊的眼睛眨了一下，对，包饺子，年夜饭就该吃饺子，虽说菜里没肉，包成饺子就是饺子。嘿，她为自己这个想法乐了一下。主意一定，她先把火捅开，锅搁上，然后和面、擀皮，也就十几个饺子，“馅”不多，她的饭量也不大。等到饺子包好，锅还没滚。一丝风溜进了屋里，花奶奶不由得打了个寒战，往外看了看，这才发现像抹布一样的天空没有章法地飘起了雪花。她愣怔了一下，忙用一个小篮子装了四个苹果、一串香蕉，还有早已准备好的香和箔，拄根棍子，捯着小脚走出了屋门。老天爷想干啥，谁也说不准，花奶奶怕夜里雪下大了，明天到不了庙里。

庙是“猴爷庙”，供奉的是孙悟空。村里比花奶奶年龄大的老人也说不清为啥供奉孙悟空，反正有事了就去找它，不下雨去求它，不生孩子也去求它，生病了也去求它……好像孙悟空啥都管。也是，人家有三头六臂呢。有人说，咋有时候灵，有时候不灵呢？花奶奶听到这话就不高兴，说，那是你心不诚，活该！

庙不远，花奶奶的小脚走得也不算慢，很快到了。她把供品摆上，点上香和箔，跪在地上祷告起来，求求“猴爷”保佑自己，保佑自己没病没灾。一个人孤独惯了，倒也不怕，就怕有病。

回来的路上，遇到了平安。平安原来在外地干建筑，今年回村当支书了。短短几个月，就往花奶奶家跑了几趟。昨天还来给花奶奶送来了苹果、香蕉，还有 500 元钱。

花奶奶张了张嘴不知道说啥，平安已经开口了：“花奶奶，您还没吃饭吧？我娘在家包饺子，等下我给您送啊。”

花奶奶忽然想到自己要表达的意思了，忙说：“我还想说让你去俺家吃呢。真的，饺子都包好了。”

平安说：“不了，我顺路到杨友家里看看。”

花奶奶知道杨友有病，刚从医院回来。听说杨友住院花了 10000 多元，平安就拿了 5000 元。

花奶奶捯着小脚回到家，推开虚掩的门，发现锅早已滚得不像样子，差点把锅盖掀掉，好在水没干，还有不少，看样子像是刚烧开一会。花奶奶搁好篮子，兑一些温水洗洗手，转身去下饺子，这时发现案板上的饺子一个也不剩了！花奶奶四下瞅了瞅，没半点痕迹，骂道：“该死的老鼠，一个也不给俺剩，想吃也等到俺给你煮熟啊。”

看着滚开的锅，花奶奶想，要不下点面条算了。门口一闪，平安进来了，一手提着一个保温桶，一手提着一个编织袋。

“孩子，弄啥？”花奶奶看了看平安的左手，又看了看平安的右手。

平安把编织袋放到一边：“花奶奶，这是大肉，过年呢，哪能不吃肉？”

花奶奶的脸红了，说：“你这孩子，我不爱吃肉，想吃肉早就割了。”

其实她说的不是实话，她是可惜钱，不会挣钱，咋能乱花钱呢？

“这是俺娘包的饺子，花奶奶，赶紧趁热吃吧。”平安把保温桶放到案板上，一打开盖子，袅袅地飘散着热气，带着淡淡的饺子的香味。

花奶奶下意识地深呼吸了一口，看了看火上的锅，说：“你看看，我刚去庙上这工夫，饺子都让老鼠给吃了……”

平安扑哧一声笑了，说了实话：“花奶奶，我刚才来了，看到您包好的饺子，我给煮着吃了。”

“你？”花奶奶不相信地看着平安。半个月前，花奶奶去邻居家串门去，平安来到家里，把土灶给拾掇了一下。这里过年有个习惯，不管灶能用不能用，过年都要收拾一新。等花奶奶串门回来，平安早就走了，事后才知道是他干的。

平安不好意思地一笑：“要不我咋知道您没割肉？我好吃饺子，不管是荤的还是素的，您不是不知道。”

花奶奶闻听，也不吭声，转身捯着小脚，出了门。

平安追到门口：“花奶奶，天黑了，雪也大了，您去哪儿？”

花奶奶头也不回，大声说道：“我忘给猴爷说了，也得让它保佑保佑你。”

平安望着花奶奶的背影，摇了摇头，同时心里叹道：明年除了把敬老院建成，再建一个文化大院。

最美的玫瑰花

阳光透过纱窗帘打在小米的脸上，让她感到暖暖的。她睁开眯着的眼睛，看了一眼落地窗，觉察到天已经大亮了。楼前一家建筑工地在施工，打夯机的声音、挖掘机的声音，还有尖厉的哨音以及民工的喊叫声此起彼伏。其实，她早就醒了，即使没有这些噪声，她也一样睡不着。自从住进这栋别墅后，不知从什么时候开始，她就患上了失眠症。还不到三十岁，不应该呀。前几天她去找医生的时候，医生也感到奇怪。

小米叹口气，从宽大的床上起来，慵懒地伸了个腰，趿拉着拖鞋走到了落地窗前。她哗啦一下拉开窗帘，阳光一下子刺得她有点不适应。好半天，她才看清楼前工地上的热闹。看似热闹，却也有条不紊：开搅拌机的，推灰浆车的，开挖掘机的，嘴上噙着口哨指挥的……各自忙着各自的事情。小米把目光落在了那个开挖掘机的小伙子身上。

小伙子也就是二十四五岁的年龄，皮肤黑黑的，很健康的那种颜色。不像杨少，奶油色的皮肤，让人腻歪。小伙子面目周正，穿的是浅蓝色的工装，扣子系得严严实实，工装干干净净，不似其他农民工那样邋遢。他端坐在驾驶室，工作很熟练，就跟玩儿似的，庞大的挖掘机在他的操纵下，灵活自如，将一铲铲泥土挖出来，堆放到一边……

太阳渐渐升高了。小米似乎看到小伙子的鼻梁上冒出了细小的汗珠，闪闪发光。小米下意识地抽了一下鼻子，似乎要闻什么气味。小米抽过之后，不觉脸红了。担心小伙子看到她的表情，忙把目光转向工地旁边的马路上。

小米看到路边不少人在卖花——玫瑰花。一些年轻的恋人们从卖花人那里挑选着他们中意的玫瑰花，然后带着一脸的灿烂离开了，给小米留下一对对美丽的背影。小米打开窗户，一丝清新的空气钻了进来。小米使劲嗅了嗅，好像闻到了爱情的气息，情人节到了！这样的日子，算是一年当中最热烈的时刻，因为爱情。

想到爱情，小米苦笑了一下。她曾不止一次地问过杨少，我们这算爱情吗？杨少说傻瓜，不算爱情算什么？小米讥讽道，聚少离多，像地下党接头，算什么爱情。杨少狡辩道，两情若是久长时，又岂在朝朝暮暮……前年的情人节，杨少给她买了101朵玫瑰花，称之为“唯一的爱”；去年的情人节，杨少面也没露，让司机给她送来了33朵玫瑰花，称之为“我爱你三生三世”……今年呢？杨少会给自己送几朵？

小米摇了摇头，她看到一位卖花的小姑娘朝小伙子招手，隐隐约约地叫喊，像是求小伙子买花。小伙子从驾驶室探出头来，朝小姑娘摆了摆手，拒绝了。小姑娘失望地走开了。小米以为，玫瑰花对小伙子来说是一种奢侈品，即使玫瑰花再便宜，他也不会买的，因为他不懂得温柔。一个农民工会买玫瑰花吗，不可能的事。小伙子有女朋友吗？她长什么样子？有大辫子没有？

中午时分，门铃响了。杨少？小米急忙去开门，却是一花店的送花工，捧了一大束鲜艳欲滴的玫瑰花，说是杨先生让他送的。小米没接，犹豫了一下。送花工说,美女,这可是我们店里最美的玫瑰花。

小米回到房间,她特意数了数,是十一朵,代表着“一心一意”。小米拿起手机拨打杨少的电话,电话里传来一位小姐温柔的声音:“对不起,您拨打的电话已关机……”小米把手机撂到了沙发上。刚住进这个别墅的时候,杨少一周还来两次,后来一周一次……这一回,杨少一个月前从这里走后,再没有来过,偶尔有问候的短信发来。

等到下午的时候,小米走到窗前。她看到小伙子刚把挖掘机停到一边,一位姑娘款款向他走来。看得出,姑娘是小伙子的女朋友。姑娘齐耳短发,个头苗条,不胖也不瘦,正是时下流行的身材。她上身穿的是一件红色的薄毛衣,下身穿的是一条发白的牛仔裤,搭配在一起倒蛮好看。两个人走到一起,不知道嘀嘀咕咕说了些什么。姑娘低着头,不停地扭捏着身子,偶尔扬起小手捶打小伙子一下。小伙子攥起姑娘的手,示意她往工地上看。顺着小伙子手指的方向,小米的眼睛直了——在工地上,挖掘机挖出来的泥土一勺一勺堆出一朵硕大的玫瑰花,一些碎石子撒在中间做花蕊!太美了!小米禁不住轻声赞道。小米看到,姑娘脸上带着淡淡的微笑,很幸福的样子。

直到小伙子骑着摩托车带上姑娘离去,小米还在痴痴地看着那朵玫瑰花,挂着一脸的泪水。

回 家

她发现那个男人还是不远不近地跟着自己。她已经拿起砖头吓唬他几次了，有一次还砸在了他身上，他却固执地跟踪着她。他要干什么？她害怕了，这深更半夜的，街上行人和车辆已经很少了，他要对自己图谋不轨怎么办？

她快速穿过马路，回转身对着马路另一边的他叫道："我身上没有一分钱，别跟着我了。"说着还翻起口袋让他看了看。

"燕子，跟我回家吧。"他大声说道，紧走了两步，试图穿过马路。可是，红绿灯又让他停了下来。

真是神经病！现在是冬天，哪有什么燕子？趁着他等红绿灯的时候，她忙转身跑了。

"燕子！燕子！"他在后边扯起嗓子叫道。

自己跑的样子像燕子？这个傻子。她跑进了一条小胡同。

冷不丁，她的前面幽灵般出现三个男人：一个戴着墨镜，一个口罩捂着脸，一个脸上勒着条黑色的围巾，排成一字状挡住了她的去路。三个人一个个歪斜着身子，站不稳似的抖动着身体。

“口罩男人”嘻嘻一笑:“大哥,这个娘们儿还有些姿色。”

“围巾男人”歪了歪头:“干? ”

“墨镜男人”甩了下手:“干! ”

三个人呈包抄状围了过来。她这才明白,原来他跟他们是一伙的!她没有办法,只有停了下来,瑟缩着身子,不知道是寒冷还是因为害怕,也可能二者兼而有之。

很快,三个男人已经围到了跟前,似乎已经贴着身体了,她都能听到他们的呼吸,浓重的口气中带着一股酒味。“口罩男人”上前抓住了她的胳膊。他的手劲很大,她已经感到了疼。“墨镜男人”摘下手套,去抚摸她的脸。她躲避了一下,下意识地啊了一声。

“住手! ”她只听到一个怒吼的声音。没等明白过来,身边已经乱成了一团,他跟他们扭打在了一起。

真是神经病,你一个人能打得过三个人? 她趁机躲在了一边,松了口气。

他像一头暴怒的狮子,挥舞着拳脚乱打乱踢,很没有章法。一拳难敌四脚,何况“围巾男人”手里还拿着尖刀,他终于被打倒在地。

远处传来警车的声音,三个男人匆匆逃离了。

他躺在地上痛苦地呻吟着。

她不知所措。

警察赶到了。他的胳膊上被划了一刀,先是到医院包扎了一下,然后把他们两个带到了派出所。

她对他的情况一问三不知。警察以为他是个英雄,当她说到他一直跟踪着他,明白了,他是玩“英雄救美”,想获得这个女人的好感。

他大呼冤枉,说她是他的妻子,有病,一直跟着她,怕她走丢,怕她被人欺负。

她急忙对警察说:“我不认识他,我不认识他。”

神经病!警察笑了,不再听他的解释,就先把她放走了。把他的身份证等信息登记备案后,也把他放走了。一个带伤的神经病,留着也是累赘。

她想回家,家在哪里?正当她努力回忆的时候,她忽地感到身上一暖——一件棉袄披在了她的身上。

是他!他站在她身后。

她心里一软:“你、你为啥要这样对我?我真的不认识你。”

他一脸焦急地说:“燕子,我是大伟啊,你不认得我了?”

她摇摇头。她也相信了警察的话,他真的是个神经病。此刻,她有点同情他,或者说是可怜他了。

她说:“你家在哪里?我送你回家吧。”

“你真的愿意送我回家?”他惊讶地看着她。

她点了点头。

他孩子般咧着嘴笑了。路上,他跟她讲了他妻子的故事:他的妻子叫燕子,遭遇车祸,间歇性失忆,他就一直跟在她后面保护她,怕她回家认不得路。

唉,遇到一个神经病真的没办法。她还是耐心地解释道:“我真的不是燕子,如果我见到燕子,我会告诉你的。对了,我还不认识燕子呢。”

他说:“燕子跟你一样,大大的眼睛……”

她明白,他把她当成燕子了。这个男人真可怜,她心里叹了口气。

不知道走了几条街道,拐了多少胡同,终于来到了他的家。他打开家门,拉亮灯。她却还站在门口没有动,瞪大眼睛看着室内的一切,一副吃惊的样子。

他说:“进来吧,外面挺冷的。”

她一下子泪如雨下:“我想起来,想起来了……大伟,这是梦吗?我真的回家了吗?”

“燕子,别哭,这不是到家了吗?乖,别哭,别哭。”他把她揽在怀里,一边流着泪一边轻轻拍着她的肩膀。

我没有病

他推开虚掩的门，走到老板桌前，坐在皮转椅上晃动了两下，然后端起茶杯喝了一口温热的茶水，很满足地“啊”了一声，感觉好极了。

桌子上的电话铃忽然响起来，把他吓了一跳。他没有去接。电话固执地响着，他这才拿起听筒，只听有人说道：“局长，下午开会学习不？”

他皱了一下眉头，不耐烦地说：“不开会！整天开会学习，有什么好学的？纯粹是浪费时间。”说罢挂了电话。

他最烦开会，你在台上滔滔不绝地讲，下面有几个人在听？他记得有一次开会，他在台上讲，发现下面有人在打盹儿，有人在织毛衣，有人在玩手机……只有办公室的小刘在认真地记着笔记。他很高兴。散会后他拿起小刘的笔记本一看，气急败坏，因为小刘在笔记本上画了一头驴……

这时，梆梆梆有人敲门。他应答了一声，只见一个上了年纪的老人进来了。

他说：“大爷，你有什么事？”

老人愣怔了一下，忙点头哈腰地说：“局长，我来报销医疗费，跑了好多趟了，财务上不给报销……我来一趟不容易，你看能不能给报了，都好几年了。”说罢掏出了一沓子单据。

有这事，岂有此理！他说：“大爷，总共多少钱？”

老人颤抖着手把单据递给他：“局长，不多，只有四百多元钱。”

他拿起桌子上的笔唰唰签了几个字：“同意报销！”这点钱根本不算什么，有时喝一瓶酒也不止四百块，早该给人家报了。

老人千恩万谢地走了。

老人前脚刚走，就又进来一个西装革履的中年人。

中年人看了他一眼，疑惑地说：“你是新来的局长？”

他点点头：“是啊，你有什么事？”

中年人说：“我听说咱局里要改造办公楼？”

他四下看了看，站起来摸摸光洁的墙壁，跺跺典雅的地板，说：“这个办公楼跟宫殿似的，还需要改造？”真是的，到处金碧辉煌，新崭崭的，还折腾个啥？不就是趁机想捞俩钱吗？难怪老百姓说扒扒垒垒，弄俩美美；修修扒扒，弄俩花花。

中年人讪笑了一下，掏出一个鼓囊囊的红包递过去，说：“局长，这是一点小意思。等我把工程承包到手，给您30%的利润提成。”

他没有接红包，气呼呼地说：“闭嘴！我要吃有吃，要穿有穿，要你的钱有何用？你真有钱去捐给四川灾区的孩子。”

中年人手足无措，不知道他是不是在作秀。

他用手指着门，厉声说道：“你给我走，别说没工程，就是有工程也不给你这号人做……”他知道，工程一旦给这种人做，绝对是豆腐渣工程。

中年人悻悻而去。

这时候电话铃又响了起来，他拿起听筒，电话那端传来一个娇滴滴的声音："哥哥，你答应给妹子装修房子，怎么还不行动啊？"

他不动声色地说："你是谁？"

"我是'睡美人'舞厅的红红啊？你把妹子给忘了？上次我过生日，你还送我一条金项链，你忘了？"

他冷冷一笑，然后悄悄说道："我老婆在这儿呢，惹恼了她，有你的好日子过……"

他刚挂断电话，又一个电话打了进来："大哥，今晚我请客，在老地方，'醉仙楼'酒店……"

他打断对方的话，说："我不去，说不去就不去，因为什么？因为我知道吃人的嘴短，拿人的手软……"说罢他就挂断了电话。对方肯定有求于他，要不然不会叫他的。

可是，电话铃又响了起来。他恨恨地看了电话机一眼，伸手把线给拔了，顿时，电话成了哑巴。

这时候，突然闯进来几个医护工作人员，上前把他给制服了。其中一个医生说："想不到你跑到了这里，走，跟我们回精神病医院去。"

他挣扎着："我没有病，我没有病……"

这时候，办公室套间的门开了，一个睡眼惺忪、大腹便便的家伙踉跄着走了出来，酒气熏天、口齿不清地说："干、干吗？跑到我的办公室来闹什么？真、真是有病！"

三代日记

我到一位朋友家做客，偶然在书橱里发现了他们祖孙三代的日记，阅后甚觉有趣，经他本人同意，现各选一篇，以飨大家。

朋友父亲的日记是在一沓散发着潮湿味的麻纸上画着的（他父亲不识字，只能用图记下当时的情景，朋友看图说话，我把意思记下来）。

1937 年 12 月 2 日　大雪

我已经两顿没吃东西了。娘说："喝水吧，狗蛋。"我摇摇头。我不顾寒冷蹲在门口，望着飘着雪花的院子，等待着爹的归来——爹早早出去要饭。娘说："狗蛋，我有办法让你不饿，你躺到炕上去。"我乖乖地躺到炕上。娘把枕头塞到我屁股下面，又把被子叠方正垫到我双腿下面。娘苦笑着说："狗蛋，还饿不饿？""还饿。"娘说："你的头抵住炕，屁股靠墙，两腿贴着墙尽量往上伸……"哈，我倒立起来后，果然不感到肚子饿了。

朋友的日记是写在一沓发黄的白纸上的。

1962年8月5日　阴

我和妹妹正在树下看蚂蚁搬家，冷不防爹踢我一脚："你再耍，今儿晌午不让你喝汤。"我忙从地上爬起来摸着干瘪的肚子："爹，我不耍了。"爹暖了脸："提个篮去挖野菜。"村里大人小孩天天疯了似的挖，哪还有啊！爹说："去后山沟。"于是，我勒了勒裤腰带，提个小篮去了后山沟。

我前、后、左、右看得很仔细，生怕漏掉一棵灰灰菜、刺角芽、毛妮棵、面条棵……忽然，我发现前面地堰上有几棵酸枣树，上面挂着嘟噜连串的酸枣。我高兴坏了，忙攀上去摘了一个尝尝，嗨，又酸又甜。我又吃了几个后，忙把小篮里的野菜倒了，开始手忙脚乱摘酸枣，唯恐有人来跟我抢了。几棵树摘完了，竟摘了满满一小篮。我一路跑回家里，等待着大人的夸奖。

不料，爹看到酸枣不但没有笑脸，反而扬手在我的屁股上抽了一巴掌，随后把一篮子酸枣全倒进了茅坑里。我委屈得哇哇大哭。

"他还是个孩子，知道啥？"娘剜了爹一眼，拉我到怀里，用衣襟给我擦了把泪，叹道："孩子，你不知道，酸枣开胃呀。"我愣愣地盯着娘，还是迷瞪不开。娘说："人吃了它，就越想吃饭……"

朋友儿子的日记是记在一本精美的日记本上。

1992年3月2日　晴

我在看动画片，妈喊我吃饭。我说不饿。妈说："阳阳，你是不是又吃零食了？"我摇摇头。她见我还坐在电视机前，就给我端了碗饺子，嘟囔着："整天不吃饭怎么行？"我接过碗，用筷子往嘴里扒拉一个，努力往肚里咽："又是羊肉馅。"妈在一旁监视着我吃，我灵机一动，说：

“妈,给我端杯茶。”妈扭身进了厨房,趁此工夫,我把饺子往沙发下扒拉了两个。妈端来水,立在旁边不走。我又说:“妈,把健胃消食片给我拿来。”妈不知是计,转身去取。我故技重演又往沙发下塞了几个……就这样,不大工夫,我便把这碗饺子报销了。妈嗔道:“还不饿呢?”晚上,妈去跳舞了,我就把饺子从沙发下弄出来,倒进院子里的狗槽里,看着它吃完,我才回房间打游戏……

警　察

大军遭到几名歹徒的围攻，终因寡不敌众，身受重伤。看到他倒在了血泊之中，几名歹徒逃之夭夭。

在医院，虽经医生的全力抢救，大军暂时脱离了生命危险，但依然昏迷不醒。权威医生宣布，如果病人醒不过来，有可能成为植物人。

这下可急坏了大军的亲戚朋友和他所在单位的同事，他们都一脸焦急，求救似的看着医生。

医生说，唯一有希望的办法，就是病人最熟悉的人在旁边不停地呼唤他，有可能刺激到他的意识，把他唤醒过来……以前也有过类似成功的病例。

大军的母亲软着身子趴在病床前，强忍着悲伤，泪眼婆娑地说，大军，妈苦拉苦掖把你养这么大，容易吗？妈现在老了，指望你养活呢，你不能丢下妈不管啊！你说过要陪我去北京旅游，你要我等到什么时候呢？大军，你醒醒啊！

大军气如游丝，两眼紧闭。

大军的母亲一脸失望,重重地叹了口气。

大军的妻子柔声说，妈，你别怪大军好吗？说罢她趴在大军耳边说,大军,眼看着中秋节要到了,咱们终于可以过上一个团圆节了。自从你参加工作后,咱们一家人就没在一起过上一个中秋节。大军,你快快醒来啊。你不说过我们要白头到老吗？你可不能说话不算数,我等着你！她说着话,眼里的泪就悄无声息地爬了出来。

大军依然无动于衷。

大军的母亲上前拉过儿媳妇说,孩子,你可别怨恨大军啊。

大军的妻子凄然一笑,缓缓摇了摇头说,妈,你想到哪儿去了?

大军的儿子擦了一把脸上的泪说,爸爸,你快醒来,我等着你带我去公园玩呢,我长这么大你还没带我去玩一次呢。你答应我多次,可一次也没兑现。爸爸,你可不能骗我啊。

大军面无表情,像是熟睡了一般。

大军的妻子把儿子揽在怀里,儿子忍不住大声地哭起来。

大军的朋友说,大军,你小子别装糊涂,我等着你下象棋呢。咱哥儿俩下了这么多年,我还没赢过你,我不服啊……说着说着,他也哽咽着说不下去了。

大军好像充耳不闻,不在意朋友说的话,没有睁开眼睛。

大军的同事走到床前说,大军,你一直资助的两名高中同学今年都考上了大学,他们等着给你报喜,等着让你去送他们上大学,你要尽快醒来。

遗憾的是,大军还是没有醒来。

单位的领导走上前去说,大军,快醒醒,有任务!

谁也想不到,奇迹出现了,只见大军慢慢睁开了眼睛,用微弱的声音说道，局长，我保证完成任务。

大军是一名警察！

平安夜的愿望

12 月 24 日，儿孙们约好了似的，如小鸟归巢一样从天南海北赶回来，家里一改往日的清静，热闹起来，充满了浓浓的亲情。这才像个家嘛。老焦乐得咧着嘴，嘴巴老半天都合不上，初一盼十五，十五盼初一，盼了长长的一年，以为要等到春节呢，没想到都提前赶了回来。不知道谁说了一句，明天是圣诞节，今晚是平安夜。“剩蛋”还有节日？老焦憋住笑，没敢多问，怕他们笑话他没文化。在他们老家，“剩蛋”就是二球，二百五的意思。前年跟小女儿冬去杭州旅游，在岳王庙里，看到“岳母刺字”的铜像后，老焦忍不住说道：“这个丈母娘真狠心！”弄得冬他们几个很没面子，私下没少数落老父亲。

接到他们归来的消息，老焦早就备好了丰盛的饭菜。有的用盖子捂着，有的在灶上炖着，有的在微波炉里热着。大家一落座，一道道菜便粉墨登场了。除了凉菜，都热气腾腾的，散发着阵阵的香味，直往人鼻孔里钻；花红柳绿的，耀人的眼睛。老焦发现，儿孙们几乎不动筷子，却都盯着手机。

老焦忍不住说道：“春，这是你爱吃的红烧鲤鱼。”

春是老大。他头也没抬，说：“爸，等会儿，我给老板问候一声。”

老话讲，端人碗，受人管。人在屋檐下怎敢不低头？春也不容易。老焦看了看老二，说：“夏，这是你爱吃的拔丝山药。”

夏只顾瞄着手机，说：“爸，等会儿，我跟朋友聊着呢。”

俗话讲，在家靠父母，出门靠朋友。也是的，不能没有朋友。老焦看了看大女儿秋，说：“秋，这是你爱吃的炝冬笋。”

秋也没抬头，说：“爸，等会儿，我把这批货发走。”

这年头，有啥不能有病，没啥不能没钱。秋文凭不高，没啥技术，也真难为她了。老焦转脸看了看冬，说：“冬，这是你爱吃的糖焖莲子。”

冬没吭声，看着手机出了神。

“冬，这是你爱吃的糖焖莲子，趁热吃吧。”老焦以为冬没听见，加重了语气。

冬点了点头，说：“爸，等会儿，我给同事说点悄悄话。”

常言说，一个篱笆三个桩，一个好汉三个帮。别看冬最小，还是明事理的。老焦把目光投向孙子小欢：“小欢，这是你爱吃的山鸡丁儿。”

小欢说：“爷爷，等会儿，我正在战斗，不能临阵脱逃。”

战斗？老焦吓了一跳，旋即明白是网络游戏。他对孙女小喜说：“小喜，这是你爱吃的瓜丝儿。”

小喜说：“爷爷，等会儿，我把鬼片看完。”

老焦吆喝了半天，没有一个人响应。看到有的菜凉了，他就挪动脚步去厨房热菜，一盘又一盘，一趟又一趟。

小欢的战斗终于结束了，说声我饿了，然后拿起筷子夹菜。老焦趁机又催促吃饭，大家这才不情愿地拿起筷子，一边夹菜一边看手机。

小欢一边往嘴里塞鸡丁，一边皱着眉头叫道：“爷爷，您爱吃啥菜啊？”

小喜说:“爷爷最爱吃剩菜!”

一句话,大人们都笑了。看得出,那笑不是十分的自然。春忙转移话题,说大家都许个愿吧,圣诞老人会帮大家实现的。

听说圣诞老人要来,最开心的要数孩子。

小欢说:“我要当班长。”

小喜说:“我要当班花。”

春说:“争取来年当上部门主管。”

夏说:“明年赚20万元。”

秋说:“到美国旅游一次。”

冬说:“减肥十斤。”

轮到老焦了。他看看这个,瞧瞧那个,犹豫半天,还是没说话。

小欢说:“爷爷,圣诞老人真的会来,去年我睡觉前许愿要个新书包,醒来就发现枕头边有个新书包。”

“真的,”小喜点点头,“我许愿要个蝴蝶发卡,第二天就发现书包里有个蝴蝶发卡。”

真的这么灵验,老焦有点不相信。

春、夏、秋、冬一律憋着笑,忙点了点头——他们想给老人买点礼物,却不知道老人缺少什么。之前他们给老人买了不少东西,除了吃的,好多都没拆封呢。

看看这个,瞧瞧那个,老焦说:“我希望你们的愿望都能实现。”

冬说:“爸,您怎么老想着我们呢,不算,说您自己的。”

“说您自己的。”其他几个人也随声附和。

老焦这才不好意思地咧嘴一笑,说:“我、我希望自己变成手机。”

手机?在座的都傻乎乎地瞅着老焦,一时没明白过来,还以为老人老年痴呆了。

老焦解释道："我要是能变成手机，就能跟你们不离不弃了……"

春、夏、秋，还有冬，都不说话了。两个孩子叽叽喳喳叫开了：

"我也想变成手机。"

"我要变成苹果手机。"

一双皮鞋

马老伯急需买一双皮鞋的钱。

太阳像个火球挂在天上，把大地炙烤得像个蒸笼，闷热闷热的。正是中午时分，马路上除了偶尔驶过的车辆，几乎没有行人。马老伯背着个鼓囊囊的蛇皮袋，两眼瞪得溜圆，像个寻找猎物的猎人一样，不放过大街上的任何一个犄角旮旯。

马老伯是个捡破烂的。

马老伯每到一个垃圾桶跟前，就把关节已经变了形的手伸进垃圾桶，上下左右来回翻动，遇到有价值的东西，就忙掏出来装进身后的蛇皮袋，跟得了宝贝似的，满是皱纹的脸上才露出一丝疲惫的笑容。有时手伸进去，不说摸到什么脏东西，会冷不丁被铁丝、玻璃、碎灯管等利器扎伤，而且这种现象经常发生，好在马老伯已经习以为常了，根本不在乎，好像自己的手是铁手。

天越来越热，马老伯脸上的汗水像小溪似的往下淌，把一张老脸弄得花花搭搭的。蛇皮袋里的东西越来越多，马老伯弓着腰、低着头，上身与下身几乎成了一个直角，每走一步都要趔趄一下，似乎很艰难，但是他并不感到有多累，反而满心的愉悦——蛇皮袋里的东西越多，就能多卖一些钱。他口袋里已经有了180元钱了，那是他多天来的收入。今天捡到的破烂只要能卖到20元钱，就够一双皮鞋的钱了——一双皮鞋200元，他已经去鞋店打听过了。

想到皮鞋，马老伯低头看了看自己脚上的鞋——那是一双布鞋，是老伴死前给自己做的，已经穿了两三年，补了无数次。眼下，两个脚上的几个脚指头都肆无忌惮地裸露在外面。鞋面破了几个洞，已经看不出鞋面面料的颜色了。幸亏是夏天，除了影响市容外，穿起来很是凉爽、舒服。要是冬天，这双鞋该扔哪了扔哪了，否则，不把脚冻掉才怪哩。

又来到一个垃圾桶跟前。忽然，马老伯的眼睛直了，不，应该说是两眼发亮——垃圾桶外面放着一双皮鞋！这双皮鞋显然是被人丢弃在这里的。马老伯放下肩上的蛇皮袋，长长松了一口气，然后拿起那双皮鞋翻看。两个鞋后跟有些磨损，鞋面有些皱褶，没有其他毛病，有七八成新。马老伯开心地笑了一下。他踢掉自己脚上的鞋，然后换上了那双皮鞋，呵呵，除了稍微大一些外，没有其他不合适的。马老伯心想，如果有双袜子，就合脚了。

说实话，这辈子马老伯还没穿过皮鞋哩，不是不想穿，是舍不得买啊。穿上捡来的皮鞋，马老伯格外高兴，也精神了许多。看看天色还早，又背起蛇皮袋继续走街串巷。

直到废品回收站将要下班，马老伯才背着捡来的废品来卖。东西一件件从蛇皮袋里掏出来，一件件归拢好，然后才过秤或是查数。啤酒瓶12个，每个瓶两角，一共2.4元；饮料瓶43个，每个一角，一共4.3元；废书纸13.8斤，每斤3角，一共4.14元；纸箱10斤，每斤5角，一共5元；一个破铝锅3斤，每斤3元，一共9元，这几项加到一块，总共24.84元。

马老伯接过钱查了好几遍，然后揣在贴身的口袋里，拿手按了好几次才觉踏实。这下好了，已经攒够200元，够买一双新皮鞋了。

回到家，儿子正在看电视。大学毕业后，儿子找不到工作，整天待在家里看电视。

马老伯拿出包好的200元钱给儿子，说："给，你买双新皮鞋吧。"一个月前，儿子就朝他要钱，说要买一双皮鞋。

儿子漫不经心地接过钱，随手装进了自己的口袋。

马老伯又忍不住对儿子说，嘿嘿，我今天捡了一双皮鞋！

儿子朝马老伯脚上一瞄，顿时愣住了——父亲脚上穿的皮鞋是他下午刚扔到外边的。

父亲没有病

张玮感觉到父亲真是老了。张玮的感觉是有根据的，譬如，父亲刚把茶杯放到茶几上，转眼又挨个房间去寻找；父亲到市场买菜，回来时两手空空，居然忘了拿回来；昨天来过的朋友，今天再见面却忘了人家的姓名；说话啰唆，每天都是那几句话，天冷，穿得厚实些，路上车多，小心点，车轱辘似的话不知道说了多少遍……类似种种，不一而足。张玮也曾往老年痴呆上想过，但他想父亲才刚刚过了七十岁，不可能的事，也就没有太在意。

前天，张玮的妻子出差了。张玮交代父亲晚上做饭，自己要回来吃。父亲虽说年过古稀，熬点稀饭，简单炒个菜还是可以的。张玮若是说不回来吃，怕父亲懒得省事，不做饭。当然，中午饭父亲是必吃的，这点张玮是不必担心的。唯恐父亲到菜市场犯迷糊，张玮特意到市场上买了几样蔬菜。父亲迟疑了一下，说你爱喝糊涂面条，晚上给你做糊涂面条吧。张玮说，好，随便，你做啥我吃啥。说过之后，张玮又说，那就做糊涂面条吧。张玮怕父亲忘记，就反复交代父亲往锅里舀几碗水，等水烧开后，下多少面条……担心父亲记不住，张玮就把做糊涂面条的程序写到一张纸上，放到厨房的显眼位置。

因为在单位赶一个材料，等到张玮回到家里时，已是晚上十点了。

父亲已经睡下了。厨房里空空如也，什么也没有。难道父亲没有做饭？来不及多想，张玮胡乱找了点吃的就去休息了。

被子胡乱地堆放在床上——只要妻子出差，张玮从未叠过被子。早上叠起来，晚上再展开，多费事？无用功不说，还浪费时间。这就是张玮的逻辑。他蹬掉拖鞋，一掀被子正要钻进去——被窝里一碗糊涂面条已经被蹬翻了，弄得满床都是，还冒着一丝一丝的热气。谁干的？家里没别人，毫无疑问，这是父亲干的。

张玮心里的火气腾地一下子上来了。他走到父亲房间门口又停了下来。咳，毕竟是自己的父亲，自己吵他一顿又能怎么样？母亲死得早，是父亲把自己带大的，吃了多少苦，遭了多少罪，可以想象得出来。总之，自己亏欠父亲很多，不能因为老了、糊涂了，就怨恨他。想想，自己也有老的一天，到父亲这般年纪，自己说不定还不如父亲……想到这里，张玮转身回到房间，收拾利落，然后躺下休息了。

第二天早上，张玮起来做了早餐，三嘴两嘴解决了问题，然后就去上班了。因为前一天的事，他还有点生父亲的气，所以也没交代父亲晚上做什么饭。他走的时候，父亲刚刚起床。天气冷，父亲起得一般都比较晚。

张玮又是很晚回的家。厨房里清锅冷灶。他随便找点吃的就去睡觉了。没有想到，被窝里又被父亲弄了一碗糊涂面条。

张玮这才意识到父亲可能患上了老年痴呆。

第二天，张玮特意请假带上父亲到医院看病。临去医院的时候，父亲问张玮："毛孩，你要带我去哪里？"从小到大，父亲一直叫张玮"毛孩”，从未叫过他的大名。张玮曾提醒父亲多次，让他不要叫他“毛孩”。父亲当面答应，转身就忘了。

张玮想了想，决定实话实说：“爸，我要带你上医院看病。”

父亲似乎很吃惊，瞪大眼睛说：“看什么看，我没有病。”

“爸，没事的，带你去体检一下……我们单位年年还体检哩，我前一段刚刚体检过。”张玮笑着安慰父亲。

就这样，张玮把父亲带到了医院。

在老专家面前，要确诊病情，不能隐瞒一丝一毫，说父亲唠叨，说父亲健忘……说起父亲这些的时候，父亲在一边静静地候着，也不插嘴，偶尔不好意思地笑一下，像一个做了错事的孩子。

老专家说：“你说的这些症状，上了年纪的老人，一般都会有，只要不是太严重，吃点药调理一下就可以。”

张玮看了父亲一眼，就吞吞吐吐把糊涂面条藏在被窝里的事情说了。没等张玮说完，父亲急了，结结巴巴地对老专家说：“大夫，俺、俺家毛孩回来得晚、晚，我、我是怕面条凉了……”

怎么会是这样，张玮一下子傻了。他这才明白，父亲没有病，有的只是对自己的爱！

·冠 军

他刚出生还没满月，父亲连名字还没来得及给他起就因车祸去世了，是母亲风里来雨里去把他拉扯大的，冠军这个名字也是母亲给他起的。长大后，有那么一段时间他一直都在琢磨，母亲没上过一天学，怎么给他起了这个名字？有一次他忍不住问母亲。母亲不好意思一笑，说："冠军不是最棒的吗，我看电视知道的。"

他也真给母亲争气，自打上学后，门门功课都是班里的第一名，这种情形一直维持到高中毕业。他参加了高考，顺利地拿到了北京一所大学的录取通知书。就在母亲为他几千元的学费发愁时，他突然对母亲说，他不上大学了。

儿啊，为什么？这是为什么？母亲感到很意外。

母亲没有别的手艺，农忙时节伺候庄稼，农闲的时候就拉个架子车挨村串户去收废品，酒瓶子、旧纸箱，什么都收。看到母亲佝偻的腰，满头的白发，心里一阵发酸，母亲还是五十不到的人啊，怎么苍老成这个样子？他恨自己以前太自私，光顾了学习，没有体会到母亲的辛苦。他不敢想象，几年大学下来，母亲会变成什么样子。他拉住母亲粗糙的手，忽闪了两下眼睛，把眼泪给忽闪了回去，然后轻松一笑，说："妈，现在大学生不分配，不如现在就找个工作，早点挣钱娶媳妇，让您早一点抱上孙子。"

听到"抱孙子"的话，母亲笑了。接下来，她叹口气，却想不出反驳的话来。村里不少孩子上了大学都回来了，有的在家养猪，有的去超市卖衣服，有的到饭店端盘子……他还没上大学，她也在愁着他的将来。

他又说："妈，现在就业特别困难，高学历的更难找工作……从小到大都是我听您的，您就听我一回吧。"

母亲很是无奈地答应了。

他就去了城里的建筑工地。他年轻，负责爬上爬下搭脚手架。他不怕吃苦，干活不惜力气。工头，还有工友们都很喜欢他。

一个偶然的机会让他萌生了练习钢管舞的念头。那天晚上，他和工友们在宿舍里看电视。是一档综艺节目，一个钢管舞大赛，最终夺冠者将得到一笔不菲的奖金。节目没有看完，因为信号不好，电视里老是下雪，就被关了。不到三分钟，宿舍里的鼾声此起彼伏。他却一点睡意也没有，我要是会钢管舞，以后类似的比赛不就是可以参加了吗？名利双收，咋说也比工地上累死累活强，最重要的是，母亲也能跟着自己享福了。

他有的是力气，工地上有的是钢管，这就给他练习钢管舞创造了充分的条件。刚开始，他是偷偷练，后来大家知道后，他也就不避人了，而且是有章法地练。没有人笑话他，包括母亲知道后，也很支持他，练得好了，也是一条出路啊。《星光大道》走出的那些明星，"大衣哥""草帽姐""山楂妹""串儿姐"，等等，哪一个不是"草根"？哪一个不是农民？众人的支持，母亲的期望，无异于给他打了一支强心针，他练习得更加刻苦,真的是冬练三九、夏练三伏。别人在看电视的时候,他在练;别人在睡觉的时候,他在练……

母亲担心他有什么意外,也从农村来到了城里,每次都陪着他练。

功夫不负有心人,这话没错。两年时间不到,他的钢管舞已经达到了炉火纯青的境界。钢管在他手里,如金箍棒在孙猴子的手里,得心应手,出神入化,想怎么玩就怎么玩,只有你想不到,没有他做不到。

机会是给有准备的人的,这话更没错。恰好当地举办钢管舞大赛,虽是地方性的,奖金不低,第一名30万元。

他报名参加了。

熟悉他的人都预言,只要不出意外,第一名是他的。他的母亲也这样说。

轮到他出场了。他一开始表演,现场的掌声就没有停止过。一阵比一阵热烈。钢管笔直地固定在地上,他双手拽住钢管,身体其他部位不与钢管接触,像是走旋转步梯一样,缓缓地,一把又一把,从钢管的最低端"走"到钢管的最顶端。这个动作表演结束,他又双手抓住钢管,身体与垂直的钢管成直角,他绕着钢管旋转,刚开始速度极慢,渐渐地,速度越来越快,让人眼花缭乱……该最后一个动作了,他站在钢管的顶端,需要一个鹞子翻身落到地面。钢管有20多米高,他站在那里,深呼吸,再深呼吸。他明白,只要这个动作完成,他就是这场比赛的第一名。

忽然,他看到母亲使劲地对他摆着双手,似乎听到了母亲的喊叫:"儿啊,不要跳,不要跳。"

最终,他听了母亲的话,没有表演最后一个动作。当然,他也没有夺得第一名。

主持人问他的母亲:"老人家,您为什么要阻止儿子表演最后一个动作？”

母亲说：“那个动作太危险了……我不要儿子表演。”

“与30万元失之交臂，您不感到遗憾吗？”

“不遗憾，因为儿子好好的，没有出一点意外……在我心里，儿子永远是第一名，永远都是冠军。”

母亲的话赢得了全场热烈的掌声。

父亲的讲稿

这天，我下班后，父亲突然对我说：“下个月开始，我要给某局科级领导干部讲课，你给我备一下课。”

父亲是党校的一名老师，除了给党校的学员上课外，经常到各个单位、学校讲课。

我愣怔了一下。在以往，每逢有任务的时候，都是父亲亲自备课，查资料，整理笔记，一丝不苟，天天晚上折腾到半夜。这次是怎么了？咋让我给备起课了？

父亲赧然一笑：“我老了，眼也花，精神也不济，电脑也没有你熟练。”

也是，父亲奔六的人了，不是年轻的时候了。我说：“可以，都备哪些课？”

父亲说：“你单位也有事，每周给我备两课时就行了。今晚给我查查历史上的清官都有哪些，他们的具体事例再举出一两个来。”

好，这个不难，在百度里一搜就全都有了。吃过晚饭，我就在电脑上忙活开了。

包拯是一个。包拯离开端州时，端州百姓将他送到船头，知道包拯没带一块端砚，便将一块最上等的端砚用黄皮包好，悄悄放进舱内，想包拯到了地方也就收下了。船行至羚羊峡口，忽然间狂风大作，飞沙走石，天昏地暗。包拯眯着眼睛看看前方，担心船行驶下去凶多吉少，便下令停船。他暗自诧异："我包拯在端州清淡如水，如何惹得天公这般动怒？"他思索着，在船舷转了转，除却风沙迎面而来，什么也没发现。等他烦闷着进入船舱，却瞥见角落有一黄色东西。打开布包一看，竟是一方精美端砚！他拿着端砚走出舱，手臂一挥，将砚掷于水中。风停了，浪静了……试想，如果包拯收了这方端砚，不说会葬身河里，起码他的一身清明算是毁了。人在做，天在看。这话真的不假。还有，狄仁杰、海瑞、于成龙、耶律楚材，等等，无一不铁面无私、刚正不阿，而又两袖清风。

又过了两天，父亲让我给查一下历史上有名的贪官有哪些，最后都是如何下场。

蔡京、赵高、梁冀、王温舒、石崇、陈自强、刘瑾、严嵩、和珅……他们无不位高权重、贪婪成性，最后或流放、或下狱、或处死，没有一个好下场。想想他们这些贪官也真傻蛋，在那么高的位置上，吃穿不愁，贪那么多有什么用呢，到头来还不都是国家的。像唐朝的元载，他当宰相时，热衷于大兴土木，建房盖屋，他倒台后，被没收的宅舍分配给数百名有品级的官员居住使用，他在东都洛阳专门建造的园林式私宅，充公之后，改成一座皇家花园……即便他给朝廷做了这些"好事"，却落得万民唾弃、遗臭万年的可耻下场，用咱们老百姓的话说就是，白白替人家忙活一场，人家却又不说他的好。

到了第二周，父亲让我给他总结一下怎么才算好干部，并列举事例论证。

习近平说“信念坚定、为民服务、勤政务实、敢于担当、清正廉洁”的干部，就是好干部。中华人民共和国成立以来，很多好干部活在了人民群众的心中。焦裕禄、孔繁森、牛玉儒、任长霞、杨善洲、沈浩，等等，他们一辈子忠于党、忠于人民、忠于自己的事业，一心为民办好事、办实事，把鲜血、一生乃至生命献给了自己钟爱的事业，他们在人们心目中成了执政为民的榜样。特别是焦裕禄同志，带领人民战盐碱、斗风沙，胼手胝足，开天辟地，“敢教日月换新天”，成了中华人民共和国成立以来好干部的象征。金杯银杯不如老百姓的口碑。好干部如何好，百姓说好才是真的好。然而，还有一些领导干部思想空虚、意志淡薄、碌碌无为、不思进取。他们偶尔下一次乡，也是前呼后拥，走马观花，讲排场、摆架子，看看数字，听听汇报，心思根本没在老百姓身上……

两年后，我所在的单位发生了一起“地震”：连同局长在内的十几个同人被组织部门分别谈话了。我由副局长升为局长。

至此，我才恍然明白：是父亲培育了我，要不是父亲的讲稿，我也不可能有今天。回到家里，我由衷地对父亲说了感谢的话。

哪里啊，是你自己的讲稿。父亲淡淡一笑。

父亲这话也没错。我也早就知道，父亲根本就没有跟某局科级干部讲课这一说，他是逼着我在学习啊。他让我备课那一天，是我刚刚被任命副局长不久。

钉子户

怕处有鬼，痒处有虱。在夏至看来，这话简直就是真理。“和平小区”开发项目开始运作的时候，他就担心在前期的拆迁过程中遇到“钉子户”，还偏偏就遇到了——一个捡破烂的老大娘，死活不愿搬迁。房子不是什么值钱的房子，一溜三间平房，20世纪70年代的建筑，房前有一棵上百年的老榆树。

“要不要来点硬的？”副总老焦建议道。在这个行当里面，有个惯用的策略就是先礼后兵，软的不行就来硬的，停水、断电、断路、恐吓，甚至往住户家里面投放蝎子、毒蛇，实在不行，便用武力解决，把人强拉出来，直接用推土机轰。待一切成为废墟，就啥都好说了。当然，夏至从未来过硬的。他清楚“钉子户”的目的只有一个，那就是多要一些补偿。那点补偿，对公司来说只是九牛一毛。

夏至反问了一句：“她家几口人？子女都是干什么的？老人什么条件？”

老焦说：“她家好像就她一个人……为这事我跑了十几趟，腿都快跑断了，好话赖话都说尽，只差没跪下给她磕头。她话也不多，就三个字——俺不搬。”

当天晚上，夏至提了一兜水果来到老大娘家。老大娘刚捡废品回来，也不搭理夏至，只顾收拾废品。夏至放下手里的东西，帮着老人家整理那些废品。完事后，老大娘洗了洗手，从一个篮子里拿出一块馍一边啃一边喝水，还是不理睬夏至。夏至也不在意，看到一个小板凳的腿歪了，便找来钉子和锤子，梆梆梆地给钉好了；拆迁邻居的建筑垃圾还没完全清走，一部分已经堆到老大娘的门口了，夏至就拿上铁锹清理，为的是不影响老大娘走路……等做完这一切，夏至拿起一个苹果洗了洗，然后削了皮切成一小块一小块地放到一个盘子里："大娘，吃苹果吧。"

老大娘终于开口了："是为扒房子的事来的吧？"

夏至忙接过话茬："大娘，我是这个项目的负责人夏至，我是夏至那天生的，父母就给我起了这个名字。我母亲今年六十八了，跟您岁数差不多……"

不知道为什么，老大娘抹起了眼泪。

"大娘，您、您怎么啦？"夏至忙掏出纸巾给老大娘擦泪。

老大娘说："小夏，俺叫你小夏你不介意吧？俺、俺不是不搬，俺是怕房扒了，树刨了，俺儿子回来找不到家啊。"说罢，老大娘呜呜哭起来。

夏至心头一震。

老大娘今年六十五岁。老伴死得早。十二年前，儿子借了亲戚朋友四十万元炒股，最后赔了，为了躲避债务，儿子离家出走，从此杳无音信。老大娘为了不让人戳自己的脊梁骨，一个人白天黑夜连轴转，打几份零工。攒够五千就还五千，攒够一万就还一万……直到前年，终于把儿子欠下的所有债务还清了。年纪大了，一些单位也不敢再用她了，她便捡起了废品，这样寻找儿子也方便一些。她说，有时一天她能走上三四十里。儿子走那年二十六岁，今年三十八岁……

说到这里，老大娘从怀里摸出一张黑白照片，不住地摩挲。

“大娘，您是好样的……”夏至鼻子一酸，忍不住攥着老大娘粗糙的手。他告诉老大娘，要帮她找到儿子。

“真的？”老大娘昏黄的眼睛像是被拨了捻的煤油灯，一下子亮了。

夏至重重地点了点头。他不敢说话，他怕一说话眼里的泪珠就会掉下来。

接下来，夏至就暂停了“和平小区”这个项目，把公司的重点工作转移到了其他地方。同时，不惜代价，利用电台、报纸、电视、网络等平台，寻找老大娘的儿子。

夏至隔三岔五往老大娘家跑，每次去手里都不空，除了蔬菜、水果，还有衣服。去的时候，还帮助老大娘做家务……在他的坚持下，还认老大娘做干娘。

一个月，二个月，三个月……半年时间过去，老大娘出走的儿子还是没有一点线索。

这天，夏至又去看老大娘了，一边给老大娘洗脚一边拉呱。

老大娘叹口气，冷不丁说道：“孩子，房子该扒就扒，树该刨就刨……不能因为俺一个老婆子耽误大伙儿的事。”

“娘……”夏至愣了一下。

“他若想回来，俺搬到哪儿他都会找到……再说，不是还有你这个儿子吗？”老大娘说罢，想给夏至一个微笑，不料，眼里的泪却出来了。

“和平小区”建成后，名字改为“幸福的家”。老大娘的儿子叫幸福。

形　象

那天中午，丽娟正在办公室享用午餐，父亲突然来了。父亲推开门那一刻，丽娟又急又窘，还带着气。父亲一头花白的头发，乱蓬蓬的，一看就像多天没洗过，胡子也没刮，穿得比平时下地时齐整一点，但还是皱巴巴的，裤脚高挽着，布鞋上还沾着泥星……若是办公室就丽娟一个人倒还罢了，偏偏那天她的几个姐妹都在。她们大眼瞪小眼，好像父亲是个外星人。

父亲也真是的，您来就来吧，好好把自己收拾一番啊。没等丽娟开口，父亲讪笑了一下，磕磕绊绊地说："这不端午节吗，你娘起五更包的粽子……我、我就搭车来了。"说着话，父亲解开了背着的挎包。

丽娟的闺蜜红红缓过神来，轻轻搡了丽娟一下，熟稔地说："叔叔，要不是您提醒，我们几个今天真还就错过端午节了。"

父亲把粽子一拿出来，屋子里一下子升腾起粽子的香味，是丽娟熟悉的那种久违的香味。红红和其他几个姐妹旋风似的围了过来，有的给父亲让座，有的给父亲倒水，喊伯的，叫叔的，亲热得不得了，倒是半点没有嘲笑父亲的样子。

看到姐妹们的表现，丽娟心里的火气慢慢消了，这才感觉对父亲有点苛刻了，再怎么说，也还是自己的父亲。

不待父亲发话，丽娟就拿起粽子让起来。红红急忙接一个，使劲闻着，然后狼吞虎咽地吃起来，一边吃一边夸张地叫着："香，真香。"丽娟和其他几个姐妹们都笑了起来。父亲也附和着嘿嘿呵呵地笑了。

丽娟这才问道："爹，您吃饭了吗？您没吃我带您去外边吃去。"

"吃了，吃了，我在外边吃的烩面。"看着桌子上的泡面，父亲很是心疼，"光吃这个会中，没钱了跟家里说。"

红红抢先说道："叔叔，我们偶尔吃一次。"红红说的也是实话。

丽娟掏出500元钱，对父亲说："街对面有家洗浴中心，您去洗洗澡，理理发……然后我去给您买一身衣服。"

推让了半天，父亲才接下。

等了两个多小时，父亲转了回来，还是来时的形象。丽娟瞪着父亲："爹，您没去？"

父亲支吾着，说不出个囫囵话。

丽娟说："爹，别心疼钱……给您了，就是让您花的。"

父亲低着头，像是个做了错事的孩子。

红红过意不去，走过去劝丽娟："在乡下理个发洗个澡，十元八元的就能解决，叔叔肯定是俭省惯了，舍不得……你别埋怨叔叔，老人家都这样。"

父亲的手还插在口袋了，似乎要把钱摸索出来。

丽娟说："爹，您别掏了，留着花吧。"

天将黑的时候，父亲坐末班车回乡下了。

当天晚上，丽娟看当地电视新闻的时候，忽然瞪大了眼睛，直直地盯着电视：画面上一位老人倒在地上，围观了不少人，指指戳戳的，却没有一个人把老人扶起来。正在过马路的父亲看到后，赶过去，没有丝毫犹豫就把老人扶了起来。忽然，老人一把抓住父亲的胳膊："老哥，谢谢你！"随后从口袋掏出一沓钱，又说："老哥，这是1000元钱，别嫌少。"父亲给搞糊涂了，周围的人也糊涂了。老人咧开嘴笑了："我是故意跌倒的，若是谁把我扶起来，就奖励谁1000元钱。"这时，一个背摄像机的记者过来了，问父亲："大爷，您当时是怎么想的？"父亲的脸红了半天，才结结巴巴地说："我也没想啥，若是见了老人有困难，都不伸手，轮到自己老了咋办？"记者又问："您就没想到被讹诈了？现在电视上这类新闻不少，您也可能看过……"父亲挠了挠头，说："哪会呢，那种人还是少数，世上还是好人多。"……

丽娟的眼泪不由自主地流了下来，她拿出纸巾，怎么擦也擦不干。此时，红红和其他几个姐妹的电话一个接一个打过来，都说看到刚才播放的新闻了，都说丽娟的父亲很伟大。

丽娟待自己平静下来后，打电话给父亲："爹，我明天回家……我、我也几个月没回去了。"

"这闺女，一会儿风一会儿雨的，今天不是刚见了面？"

"爹，人家不是奖励您1000元吗，我想让您请客。"

"闺女，你都知道了……我、我看到一个家庭困难的学生娃跪在地上要钱，本来想把那1000元钱给他，没想到连带着把那500元也一起掏给他了，想再要回来又张不开口。闺女，你怎么哭了，是不是爹今天给你丢脸了？"

"爹，没有，没有，您、您今天给我长脸了。"

“净胡说,爹一个乡下老头会给你长脸?”

“……”丽娟忍不住啜泣起来。

·拜 药

在我农村老家，到神仙那里求来的药，称之为“拜药”。

老家有不少庙宇，如玉仙河边的龙王庙、浮戏山上的山神庙、琉璃庙沟的火神庙，等等，可多啦。从名字上就可以看出，这些庙宇多在偏僻的地方，为了使乡亲们烧香拜佛方便，有虔诚的香客就在路边的坎崖上建个类似鸡窝（如果神仙有灵，请恕我描述不恭）的小龛，里面摆个泥塑或者石雕的神仙，有的干脆就在里面贴个“一山之主”“财神爷”之类的名号，门口挂个红布帘子，就算是一座“庙宇”了。哪个有需求，不用翻山越岭、跋山涉水，在这里烧香磕头就可以了。更有省事的，在自家供奉一尊神仙，随时都可以祷告。在乡亲们眼里，谁要是有个头疼脑热的，以为恶鬼厉神作祟。所以，解决的办法，也是在神仙那里。在神仙面前放置一张巴掌大小的白纸，焚香祈祷一番，然后小心翼翼地把纸张包裹起来。纸里能有什么？更多时候，什么都没有，偶尔会落下一星半点灰尘。爷爷曾对我说过，神仙给的药，凡人是看不见的。父老乡亲认为这虚无缥缈的东西就是神仙赐的“药”。回到家后，做个样子把“药”倒进嘴里，喝点水咽下去算是把药吃了。若有不灵验，没人会埋怨到神仙头上，会说自己心不诚。

母亲怕是村里唯一“心不诚”的人。自打我记事起，从没见母亲到庙里烧过香，磕过头，拜过药。我曾好奇地问过她。她说，她从来不相信这个。她还说，出门远烧香，不如在家敬爹娘。爹娘就是自己的神，自己好好做人也就成了神，还去拜啥？还去求谁？

当时，我并不理解母亲话里的含义。直到我懂事后才明白母亲的意思，感觉母亲真是一个了不起的人、一个很有智慧的人。

有一次，我们一家三口回家探望母亲。到家的当天晚上，妻子的乳房突然肿痛起来，乳汁流不出，刚满月的儿子吃不到奶，饿得嗷嗷直叫。恰好，邻居家的媳妇刚坐完月子，奶水正旺盛。真是有奶便是娘，儿子叼上人家的奶头就顾不上哭了。可是，妻子疼得眼泪汪汪，怎么办？去镇里医院吧，也不通车，黑灯瞎火的，很是不便。

正当全家人一筹莫展之际，八十多岁的爷爷对我母亲说，这是撞到啥（鬼神）了，到花家拜点药吧。

花是一个孤寡老太婆，我平时叫她花奶奶，她家里供着“老天爷”。据说很灵验，救治了不少疑难杂症。

没想到，一向不迷信的母亲竟答应了。病急乱求医，这也不现实啊。出了家门，趁着妻子没在跟前，我张了张嘴，终于说道：“妈，您也相信这个？”

娘说：“我轻易不求神仙，求一次他还能不帮忙？”

我一时无语，心说，为了儿女，当父母的真的是什么事都愿意做啊。

我跟着母亲来到花奶奶家。花奶奶住的是窑洞。她家用的灯泡是五瓦的，窑洞里很是昏暗。洞顶上被柴火、油烟熏得黑乎乎的。窑洞中间隔着布帘子，里面摆着一张桌子，桌子上放着一尊披着红布的神仙塑像。窑洞顶上久未清扫,有不少蛛丝灰尘倒垂下来,长长短短,轻微地摆动着,像是一挂挂黑色的没有声音的风铃……母亲在观音菩萨前放上一张空白纸,点起三根线香,拜了三拜,然后折转身跟花奶奶拉起闲话。有一杯茶的工夫,母亲回转到供桌前,张大嘴巴,惊喜得差点叫出声来。

我看到那张白纸上一团黑乎乎的,是窑洞顶上的灰尘落下了。这就是神仙赐的药物?母亲怎么也这么愚昧呢。一时间,我哭笑不得。当着菩萨的面,我也没敢说什么。来的路上,母亲反复交代,在神灵面前,多磕头,少说话。可能怕我言多有失,得罪了他们吧。

回到家,母亲用柿子醋把求来的“药”搅拌了一下,然后抹在妻子的乳房上。还交代我,晚上起来再涂抹两次。我答应得倒痛快,睡得贼死,晚上的两次药都是母亲亲自过来给妻子涂抹的。

妻子私下还问我“药”是哪里弄来的,我支吾半天,说是从村里一个老中医那里求来的。

说也奇怪,第二天早上起来,妻子的乳房不疼了,也慢慢消了肿。我窃以为,或许她的乳疾本来就没什么,只是碰巧而已。

直到多年后的一天,我采访一个老中医,无意中说到这件事,老中医解释道:你妻子当时患的病叫“妒乳”,而解药正是“烟珠”。屋梁上垂下的丝绵状黑色灰尘可入药,也叫乌龙尾。李时珍在《本草纲目·土·梁》中记载:“倒挂尘名乌龙尾、烟珠。”除了“妒乳”,烟珠还治反胃、吐泻、小便不畅、牙疼、胎动、无名恶疮、小儿头疮等18种疾病。

怪不得花奶奶家里的神仙灵验,我心里却还有疑问,说花奶奶家有烟珠,其他的庙宇里没有啊,怎么有时也能治病?

老中医说,那些村民到庙里拜一拜为什么有些病就好了呢?其实,有一些所谓的病只是精神郁闷所致,到了庙里,给菩萨说说,给乡邻聊聊,心里就轻松许多,以为神仙会帮助他(她),认定求来的“药”是灵丹妙药,心里有盼头,精神就好了许多,所谓的病也就没有了。

我一下子明白过来,心里边五味杂陈,什么滋味都有。

流浪猫

麦苗回到家,看到母亲正在给一只小猫喂食。母亲端着一只碗,碗里倒的是牛奶,小猫不停地吮吸着,一副贪婪的样子。小猫瘦得肚子耷拉着,很是单薄,怕是一股风就能吹倒。它通体白色,毛发卷曲着,脏兮兮的,像是掉进了染缸一般。听到麦苗的声音,小猫停止了进食,看了麦苗一眼,怯怯地喵了一声。母亲轻轻拍了一下小猫的头:"没事,乖乖,吃吧。"他要尿泥儿那会儿,母亲也叫他"乖乖"呢。随后,母亲给麦苗解释,这只小猫是她从街上捡回来的。

母亲怎么这么喜欢流浪猫、流浪狗?一时间,麦苗心里老大的不舒服,像胸口那儿塞了一团棉花,憋闷得慌。小时候,母亲外出捡废品,遇到小猫、小狗就捎带着捡回来。那时候麦苗小,觉得有小猫、小狗陪伴,好玩,热闹。等到麦苗上学后,感觉不那么好玩了。有一天早上醒来,两只小猫把他的作业本、书本当成了玩具,给糟蹋了。麦苗没有去上学,哭了整整一天。就为这事,母亲把家里收留的几只小猫、小狗都送出去了,但废品照收不误,要养家糊口啊,不捡废品不行。等到麦苗大学毕业参加工作,就坚决不让母亲捡废品了,再捡拾下去,怕是自己连对象也找不到了。

去年，母亲收养了一只流浪狗。麦苗到家发现后，劝说母亲扔出去，母亲不听，执意要养。后来，麦苗趁着出差的机会，悄悄把那只流浪狗拉到了外地。母亲知道是麦苗所为，麦苗故作糊涂，一问三不知。母亲也没再埋怨麦苗，但因为这件事，她很多天都打不起精神，像是丢了魂似的。

麦苗参加工作后，每周回来一次。他以为母亲一个人孤独，曾一度打算给她找个老伴，她一口回绝了。麦苗自小就没见过父亲，有一次曾问过母亲，母亲说你父亲因一场意外死了。什么意外？看到母亲黯然神伤的样子，麦苗也就没再往下打听，再打听就是往母亲的伤口上撒盐。

母亲肯定是寂寞了。想饲养小动物可以呀，买个名贵的品种，看着舒服，也给人撑面子。像这种流浪猫，都是一些没有人稀罕的杂种。但是，麦苗陪着母亲去了宠物市场，她又死活不买，说那东西金贵，比养孩子都难。麦苗心里清楚，母亲一辈子俭省惯了，舍不得花那两个钱。下次回来，一定给母亲捎回来一只，不管是猫还是狗。

麦苗忍不住说道："妈，我知道您是菩萨心肠……但是这种流浪猫最不干净，喂饱后送出去吧。"

母亲叹口气，说："这大冬天的，送出去不饿死也要被冻死，怪可怜的……它一顿吃不了多少。"

麦苗说："妈，我不是说咱喂不起它，我是说这种东西不定带着什么细菌呢，传染给您怎么办？"

母亲张了张嘴，才想起反驳的话来："等它吃饱喝足，我给它洗洗澡。"

母亲收拾罢小猫就去厨房忙活了，她知道麦苗喜欢吃她擀的面条，每次回来都要给他擀面条。趁着母亲没在跟前，麦苗打着手势吓唬小猫，想撵它走。小猫喵喵地叫着，慌忙跑进了厨房，围着母亲的腿打转。

麦苗只好跟过去，给母亲解释道："嘿嘿，我逗它玩呢。"

母亲把小猫抱在怀里，一边"乖乖，乖乖"地叫着一边用手轻轻抚摸小猫。看到母亲还带着一双面手，麦苗的火气腾地一下子起来了："妈，你正在擀着面条，这样多不卫生啊？给我，我把它放走。"麦苗说罢，上前要夺母亲手里的小猫。

母亲侧了一下身子，给挡住了。

麦苗还要去抢，母亲大声喝住了他，然后叹了口气，缓缓说道："麦苗，我想早晚都得告诉你，不如现在就告诉你吧。那一天是个集日，我跟你爸，不是你爸，是我对象，厮跟着去赶集，走到半路，从路边的麦地里传来一阵小孩子的哭声，走过去一看，只见一个包裹里裹着一个孩子，看样子只有两三个月大，我抱起孩子那一刻，孩子看着我，一声也不哭了……我提出收养这个孩子，我对象不干了。因为我要坚持收养，他最后跟我分手了。后来，我也没再找婆家。为了躲避闲话，只好带着你离开村子来到了这里……"

麦苗忽然间什么都明白了，看着那只可怜的小猫，仿佛感觉它就是当年的自己。

第二辑

两把宝刀

一位古董专家说，你们兄弟两个的刀非同一般，确实都是宝刀。可惜，你的刀闲置的时间太长了，失去了原有的锋利。你想，没有了锋利，谁还会相信它是一把宝刀呢？

两把宝刀

父亲临终咽气前，把大宝、小宝叫到床前，从自己的枕头下抽出层层包裹着的两把钢刀，说我做了一辈子的铁匠，没有给你们留下多么值钱的家当，唯有这两把刀兴许还有点用处，你们兄弟两个一人一把。大宝的祖上原是民间做刀高手，最早可追溯到清朝，康熙年间曾进宫做腰刀，所以他家的刀又称官刀，传到他父亲这一代已有100多年的历史。大宝、小宝吃不了打铁那个苦，受不了烟熏火燎那个罪，不愿学习祖传的手艺，父亲也就没再勉强，因为中华人民共和国成立后，需要刀具的人也日渐少了。

这两把刀清一色手工锻造，工艺独特，刀头是用油淬火，韧性好，硬而不脆，削铁如泥，吹发即断，十分锋利。大宝两眼一亮，急忙说道，爹，你的意思是说这两把刀是宝刀？父亲没有正面回答大宝的问话，说有了这两把刀，管保你们衣食无忧。不到万不得已，不要轻易出手……父亲说到这里，头一歪就咽了气。

埋葬了父亲后，生活又回到原来的轨道上了。兄弟两个日出而作，日落而息，过着老婆孩子热炕头的农家生活。

大宝从父亲的话里隐约猜测到刀非同一般，虽不敢肯定就是宝刀，但绝不是普通的刀。趁着农闲时节，大宝为了验证自己的猜测，就私下拿着刀去省城请人鉴定。不出所料，有人愿出高价购买，价格远远超出大宝的想象。大宝又惊又喜，但他没有出手，他眼下不到用钱的火急时候，他也知道这种东西保存的日子越久越金贵。

大宝从省城回来后，拿出所有积蓄，变卖了仅有的一点家产，悄悄买来了上等的牛皮，打造了一个大刀皮套，然后又制作了一个檀木箱。用丝绸先把刀层层缠绕，放进牛皮皮套，装进檀木箱里。在一个月黑风高夜，在自家的床下挖了一个大坑，把装有大刀的檀木箱埋了进去。可以这样说，为了保存这把刀，大宝费尽了心机。大宝土里刨食，日子好不到哪儿去，但他从没打过刀的主意。

大宝私下劝兄弟小宝，让他把刀珍藏起来。但小宝没当作一回事儿。有了这把刀，小宝的日子过得有滋有味，甚至于说是五光十色。农闲时节，他见天拿着刀上山砍柴。由于刀锋利无比，砍起柴来不费吹灰之力，他每天砍的柴自家烧不完，大部分都卖给了四邻八乡。回到家里，小宝就把刀随手丢到院子哪个角落里，任由风吹、雨淋、日晒。刀确实是把好刀，除了锋利，从来也没打过豁口，也不生锈变色。

大宝看到小宝一点也不珍惜自己手里的刀，免不了数落小宝。小宝不以为然，依旧我行我素。大宝就替小宝惋惜，说别看你现在吃香的喝辣的，有你后悔的时候。

转眼就是几十年。大宝的孙子结婚要盖新房子，可是房款没有着落。大宝想到了他床下埋藏着的刀，就挖了出来，带上刀和小宝一起进城了。小宝的孙子要出国留学，也需要一大笔费用，到了非卖刀不可的时候。可是，小宝是心里没底，哥哥的刀从未用过，自己的刀用了这么多年,还有变卖的价值吗?还算是宝物吗?

在省城古董市场,当大宝、小宝兄弟两个的大刀一亮相,就立马吸引了不少人。有人拿来一截有拇指粗细的铁棍,让兄弟两个演示一下。小宝心里松了一口气,说这个不难。他举刀挥向铁棍,说时迟,那时快,只见寒光一闪,铁棍即刻断为两截。

大宝也不甘示弱,拔刀砍向铁棍。谁知道出乎意料,大宝只觉胳膊一麻,差点把刀扔出去。刀也只在铁棍上留下了一道砍痕,并没将铁棍砍断。有人嘲笑大宝,说老乡,别拿把破刀来吓唬人,哪儿远扔哪儿。

结果,一位老板出高价把小宝的刀买走了,大宝的刀却无人问津。

大宝面红耳赤,愣愣不解地自言自语,难道说我的刀和小宝的刀不一样?

一位古董专家说,你们兄弟两个的刀非同一般,确实都是宝刀。可惜,你的刀闲置的时间太长了,失去了原有的锋利。你想,没有了锋利,谁还会相信它是一把宝刀呢?

河洛汇流

康二勇接班后，感觉到要操心的事情太多了，有时免不了心烦气躁，爱发脾气，爱训斥人，惹得相公们、伙计们，包括太太小姐们，都私下议论他，说他不够稳重，没有度量，不像一个当家人。

康百万也知道，但从没有说过什么。

这一天，看到康二勇把当天的事务安排完毕，康百万就带他外出散步，说是要去看一看河洛汇流。

康二勇知道，父亲肯定有话对自己说，这是父亲的一贯做法，总是借古说今、借物说事，让人很快就能明白过来，而不是就事论事讲一些大道理。

他们坐船顺洛河而下。

河里来往着不少船只，当然都是康家的。各式各样的船都有，有舵楼船（康家的太平船属此种类型的船），有瓜皮船，有鸡窝船，有小方船，等等。附近一个船上的伙计可能遇到什么好事了，卖力地叫着滑稽的号子：

螃蟹说它行路正，

刺猬说它身上光，

屎壳郎推个粪蛋子，

一路吆喝着卖麝香……

康百万和康二勇并未坐康家的游船，而是坐一种象鼻船，这种船船身轻、阻力小、航速快，又名“草上飞”。但这种船行驶不稳，所以事故偏多。有一首歌谣这样形容：“象鼻子船，两头尖，不是沉底就是翻。”不过，康家的象鼻船经过自家船厂改造后，极少出现麻烦。

也就是一袋烟的工夫，他们来到了观看河洛汇流的最佳地方——邙岭上的伏羲八卦台。此地北临黄河，南依连山，东踞虎牢，西望洛川。“人居朝市未解愁，请君暂向北邙游。”这是唐代诗人张籍的诗句。巍巍北邙，蜿蜒连绵，芳草萋萋蔓延至洛河边。他们去的时候，正在这里游玩的人也不少。有认识康百万的人忙上前与他打趣道：“老掌柜，今天怎么有闲情逸致，这要耽误多少生意啊？”

康百万呵呵一笑：“欣赏到美丽的景致，心情愉悦，神清气爽，也是千金买不来的……”

父亲是让自己来赋诗填词的？康二勇心里一惊，忙搜肠刮肚地酝酿佳句。

黄河河道虽然在巩县这一段较为平缓，然而还是裹挟着西北高原上的黄土烈风，咆哮奔腾，滚滚而来，一副锐不可当的霸气，呈现着无比的刚强和浑厚。如果说黄河是一位粗犷的男子，而洛河则像一位柔美的女子。洛河在黄河的南边，河水清澈，如舞动的丝绦彩带，蜿蜒而来，像是羞羞答答来和黄河约会的。两条河相汇后，两水清浊交汇，河洛分明，大路朝天各走半边，井水不犯河水似的。相交处的一条水线清晰可见，依偎着绵延数里后，两条河交织在一起，以顺时针方向形成一个巨大的漩涡，好像谁也不服谁，在搏斗似的，纠结在一起。这个漩涡一半黑一半白。再往下游看，漩涡没有了，两条河成了一种颜色，成了一条河流——黄河。在阳光的照射下波光潋滟，又像微风吹拂着一幅金黄色的绸缎，很是壮观无比。

“真美啊！”康二勇叹道。

康百万说：“二勇，看到眼前的景象，你想到了什么？”

这个问题颇含玄机，令人茫无头绪。二勇傻乎乎地看着父亲。

康百万提示道：“看到两条河水交汇你有何感悟？”

“黄河强大，洛河弱小，所以最终被黄河吃掉……爹，我说得对吗？”康二勇迟疑了一下，才回答父亲的问话。

“说得也有道理。”康百万说，“对于同一事物，仁者见仁，智者见智。从河洛汇流这个景象我琢磨到了‘和谐’。只有和谐了，方能畅通无阻。黄河正是有包容心，不拒细流，才能成为一条大河的……”

灯不拨不亮，理不辩不明。康二勇一下子茅塞顿开，心旷神怡，如沐春风。

康百万乘兴说道：“和谐、包容、自强不息，这是黄河的精神，也是河洛文化的精髓，更是我们这个民族的精髓……我们每一个人如果能够做到和谐，无论做什么事，不去斤斤计较，才能没有障碍，一帆风顺，马到成功。”

游子吟

“慈母手中线，游子身上衣。临行密密缝，意恐迟迟归。谁言寸草心，报得三春晖。”儿子韦大摇头晃脑地朗读着孟郊的《游子吟》。韦伟心中一动，想起了乡下的母亲，有半个月没有回去看望她老人家了，当即决定回老家一趟。听说可以不学习了，韦大欢呼着跳起来。

到超市采购了一些水果，他们就开车上路了。车上，妻子凌华不忘辅导儿子，说：“韦大，知道《游子吟》什么意思吗？”韦大从窗外收回目光，摇了摇头。“《游子吟》，这是一首母爱的颂歌。就是说慈祥的母亲手里拿着针线……”凌华一张嘴就卡壳了。她没有做过针线活，也不会做针线活，怎么去讲这首古诗呢？

果然，韦大天真地问道：“妈妈，什么是针线啊？”

“儿子，回到老家我给你讲啊。”韦伟开着车，不容分心。

看到韦伟一家子回来了，母亲既感到意外又感到高兴。

韦大给奶奶打声招呼就去跟村里的一帮野小子疯去了。

说了一阵子话，母亲系上围裙，忙着和面擀面条。凌华微微皱了一下眉头：“妈，晚上也吃面条啊？”婆婆迟疑了一下，说：“起脚饺子落脚面，是咱这儿的风俗。”韦伟接上话茬给凌华解释道，家里有人外出或者欢送客人，要请上路的人吃饺子，这叫“起脚饺子”，说是饺子的样子像古时的银锞和元宝，希望他（她）出门发财；家人归来或者有客登门，接风的饭必定是面条，这叫“落脚面”，传说面条像绳索，绊住来客的腿，要他多住几天，表示亲热。

怪不得每次回来都是吃面条，回城时都是吃饺子。原来有这么多讲究，凌华心里感慨着，忙擦了脸，挽起袖子去帮婆婆做饭。

晚上吃罢饭，母亲坚持自己收拾家务，说还要给韦大洗一洗裤子。韦大出去疯了一下午，裤子弄得脏兮兮的。韦伟知道拗不过母亲，就去休息了。

临睡前，韦伟就给韦大讲他小时候的事。

有一天下午放学，他跟村里的几个孩子在路上玩耍。一会儿下河摸螃蟹，一会儿上树逮知了，一会儿山上捉迷藏，一会儿沟里丢手绢……听到大人们的呼喊，他们才发觉天已经黑了。回到家里，他才发现自己的裤子上磨破了好几个洞。第二天咋去上学呢，他就这一条裤子。不到过年，家人是不会给买新的。母亲也没有责怪他，叹了口气说：“这条裤子已经穿了好长时间，早晚要破的……你赶紧吃了饭睡觉，我给你缝。”吃了饭，他就上床睡了。母亲坐在煤油灯下，就着昏暗的灯光，一针一线地缝起来。他半夜起来上厕所，看到母亲还在煤油灯下佝偻着腰，仔细地缝着……听到父亲吆喝母亲起来做饭，他才睁开眼，看到趴在桌子上瞌睡的母亲醒过来。母亲把裤子撂给他，他发现裤子上的几个洞已经被密密麻麻的针脚缝好了。当时，他咧开嘴笑了。要不然，穿个破裤子，小伙伴们还不叫他“叫花子”啊？

讲到这里，韦伟自己也被感动了，鼻子酸酸的，眼角潮潮的。他转脸去看儿子,发现儿子不知道什么时候睡着了。

第二天早上,韦大起床穿衣服时,发觉裤子跟往常不一样,哇的一声哭起来,伤心又委屈。

母亲揉了揉红肿的眼睛,尴尬万分地说:“咳,奶奶不中用了,眼花了,多年不拿针了,缝得不好……乖乖,别哭!乖乖,别哭!”

原来,母亲连夜把韦大裤子上的几个窟窿全都给缝好了。

韦伟和凌华知道事情原委,哭笑不得。

韦伟给母亲解释:“妈,现在城里流行这种有破洞的衣服,叫作‘乞丐服’。裤子买来时,韦大嫌裤子的颜色新,洞不大,凌华找来砂布打磨了好几个晚上呢。”

“以为你们日子过得艰难,回家拿钱呢……”母亲从口袋里摸出一团零碎的票子,不好意思地说。

看来,要让韦大理解《游子吟》的内涵是很难了。韦伟叹了口气。

乡里故事

玉米棒子堆在院子里，散发出甜丝丝的气息。根旺靠墙蹲着，有滋有味地吧嗒着旱烟；娘和香草坐在玉米堆前撕扯着玉米皮儿，一边说着麦大米小的闲话；五岁的儿子嗷嗷叫着在玉米堆里翻跟头……

根旺冷不丁发现一个陌生的老头站在院墙边，眼睛直直地盯着香草，根旺就喘着粗气，拿眼狠狠地剜这个老头。香草刚嫁过来那阵儿，只是一个小毛丫头，面黄肌瘦，病恹恹的，可长着长着，一下子就漂亮了：脸红扑扑的像个熟透的柿子，又像一朵含苞待放的芍药，两道弯弯的柳叶眉，嘴角微微地向上挑着，好像老是在笑……她虽说是个瞎子，但村里的男人见了，没有不动心的，没有不咽口水的。根旺受不了老汉那钩子似的目光，猛地站起来，冲他吼道：“滚！饥了到别处讨饭去。”

老头嘿嘿地讪笑着，说：“这闺女的眼睛有治。”

根旺这才知道老头是个江湖郎中，他陡然睁大眼睛，说：“真、真的？”

老郎中走进院子，朗声说道：“试试再说呗，我看有七八成把握。”

香草一边剥着玉米，一边伸着耳朵听着。她听了老郎中的话，心里暖暖的，一脸的喜不自禁，心说要是我的眼睛能够看得见，该多好啊。

儿子颠颠着跑过来，说："老爷爷，只要能治好俺妈的眼，俺的手枪给你。"说着手里扬起一把木制的手枪。

根旺弯腰把儿子揽在怀里，亲了亲他的脸蛋，对老郎中说："只要能治好香草的病，我给你当牛使！"

娘却寒着脸，抓起一穗玉米甩到墙角，说："哪里来的骗子，滚！"

老郎中忙讨好一笑，说："大嫂，我这药可是祖传秘方……治不好一分钱不要。"

根旺的脸也急成了猪肝色，说："娘，中不中试试。"

娘也不搭话，捯着小脚拽着根旺回到屋里，冷冷地说："你撒泡尿照照你那样儿！"

根旺莫名其妙，说："我的样儿咋了？"

娘用指头捣了捣根旺那光光的脑壳，又捏了捏根旺那皱巴巴的麻子脸，使劲拍了拍根旺驼着的脊梁。

根旺咧着嘴茫然地说："娘，有话好好说，别绕弯子了。"

娘给戗出火气，压低声音恶恶地骂："你真是榆木疙瘩，香草要不是眼瞎，会跟你？她的眼若能看见，你这模样还不把她给吓跑？到时只怕你这小庙，供不下她那尊大菩萨哩。"

根旺打了个战，脸色沉下来，僵僵地笑了一下。在香草之前，他也说过几门亲事，女方都是到家里看看，二话不说转身就走。香草尽管是个瞎子，模样挺周正，也不嫌弃他，煮饭、洗衣样样都来得，待娘也孝顺，对他又温柔，使他享受到了老婆孩子热炕头的幸福……想到这里，根旺就梗着脖子，说："娘，就算香草治好后不要我了，我也不后悔。"

娘瞪了根旺一眼，说："放屁！"随后，娘便指鼻子挖眼地数落开了根旺。

根旺从小丧父，是娘把他养大，他从未违过娘的意、伤过娘的心，但这次他打定主意，非治香草的眼睛不可。老郎中说了能治，香草也听到了，若是不给治，没良心是一，二是香草能不伤心？香草早就巴望着她的眼睛能够看得见，初一、十五拉上她到山神庙磕头的时候，她许的头一个愿就是这个……根旺心里有千言万语，但不知从何说起，就扑通给娘跪下了，说："你要是不同意，我就不起来。"

娘沉默了半天，长叹一声："由你吧……咱丑话说前头，她将来要离家出走，可得把孩子留下。"

老郎中留下几十包药就走了，说："半年后我再来。"

半年后老郎中来时，香草已经把药吃完了，眼睛还是老样子，什么也看不见。

老郎中愁眉苦脸，自言自语地说："这是怎么回事？难道我看走眼了？"说着又去端详香草的眼睛。

娘松了口气，掩饰不住兴奋地翻了老郎中一眼，说："你这把年纪了，还好意思出来糊弄人？！"

根旺气不打一处来，抄起锨把说："老头你给我滚！再玩花招就把你的腿打断！"

香草忙摸索着走到根旺身边，推搡着他的胳膊，柔声地说："不怨这位大叔，是我把药偷偷倒掉了，根本就没吃。"

根旺吃惊地张大嘴巴，说："为个啥？"

香草说："我忘不了年年夏天，你拿着小勺，你一口我一口地吃西瓜；我忘不了我那次发烧，你背着我走了五六里的山路去看医生……你天天晚上给我洗脚，就冲这一点，我一辈子也不离开你。"香草说这话的时候，脸如绽开了的花。

根旺就傻乎乎地笑着，心里很美。

老郎中疑惑地说："闺女，你把眼睛看好，你们的日子不是更红火吗？"

香草浅浅一笑，说："都说外边的世界好，我怕眼睛治好后，会逃离这个家……"

根旺的鼻子酸酸的，呆呆地怔在那里。

乡　情

这是多年前的事儿了。

在我们农村老家，每到年关，最忙活的一件事要算蒸馍了。蒸豆沙包，蒸糖包，蒸菜包，蒸油卷，蒸小糕……除了自家吃以外，更多的是招待宾朋以及走亲戚。若是过年去老丈人家，还要蒸大油糕，富裕一点的人家，一个能蒸到二十多斤，再不宽裕的人家，一个也不下十斤。这就是说，蒸的馍不但数量多，而且个头大，蒸馍时就要用大号的蒸笼。有多大？下面烧水的锅跟杀猪锅一般大，你就可以想象笼和笼箅有多大了。农村有句俗话，一年不置半年闲。说的是农村人居家过日子，不能置办一年时间里闲置半年的东西。那年月，也不是家家户户都置办得起这么大号的蒸笼的。

我们村，只有王大爷家有一套大号的蒸笼。王大爷是个好人，乐意把蒸笼借给大伙儿，还经常打扫村里的道路。听娘说，都是义务的。村里穷，没钱，想给也给不了。

祭罢灶王爷，家家户户便开始借笼蒸馍。蒸得早了，怕馊了；蒸得晚了，怕忙不过来，也怕借不到蒸笼。其实，我们村只有二十多户人家,一家蒸馍的时间按三个小时计算,从腊月二十三开始,足来得及。那几天,村子里一天到晚充盈着蒸馍特有的味道,升腾着越来越浓的年的气息。

也不是白借,归还时除了把自家蒸的馍每样给王大爷送两个,还要把腊肉什么的年货顺便送一点。我记得,有一年,爹还让我给王大爷送了一瓶酒。送的东西还不能放在外面让王大爷看到,要放在锅里面,用笼盖罩上。王大爷孤身一人,送的蒸馍多了,他一时半会儿也吃不完,晾晒干后存放起来,再吃时,馏一下就可以了。听娘说,每年光蒸馍王大爷都能吃上好几个月。

那时,我还小。除了跟着哥哥到王大爷家里借笼外,蒸馍时负责烧火,往灶里送柴火,看着火苗贪婪地舔着黑乎乎的锅底,闻着蒸笼里冒出的丝丝馍香,这在寒冷的冬天是再惬意不过的了。最主要的,每一笼蒸完,还能享用到沾在笼布上的馍渣渣。

这一年,我一个人到王大爷家里借笼。哥哥当上了村里的支书,家里见不到他的影子了。有一次,娘还恨恨地说,你哥卖给村里了。我还傻愣愣地问娘,卖了多少钱?娘捋了一下我的头,扑哧笑了。

我去的时候,王大爷在贴春联,更准确地说,对联已经贴好,他老人家正在欣赏呢。上联:百世岁月当代好;下联:千古江山今朝新。横批:万象更新。

看到我,王大爷说:“又是借蒸笼的吧,不借!”

这时候,我注意到王大爷跟往年不一样,穿的也新,胡子也刮了,头发也剃了,一脸红光,精神着呢。

“不借?”我追问了一句。

王大爷挤眉弄眼地说:“回去问问你哥就知道了,我要谢谢他哩,还有你爹……来,吃糖。”说罢,他从口袋里掏出几颗糖给我。我犹豫了一下,一看是大白兔奶糖,就接下了。

难道是哥哥得罪了王大爷?可他怎么还要谢哥哥呢?我一边往回走一边想,怎么想也想不明白。

娘见我失望而归,恍然说道:“你瞧我这记性……”随后,从厨房的角落里拿出一套蒸笼来。

我傻乎乎地说:“娘,这新崭崭的,不像是王大爷家里的啊?”

娘说:“咱家的,买来好多年了。”

我还是不明白:“那咋年年还借王大爷家里的,咱不舍得用?”

娘说:“真是傻孩子,若是用咱家的,你王大爷咋过年啊?”娘还说,其实村里不少人家都置办了,一直没有拿出来使用。

我越发糊涂了:“今年王大爷咋过?他还说要谢我爹谢我哥呢。”

娘说:“你爹当支书的时候,悄悄动员村里人给兑了一点钱,用这点钱买了一套蒸笼送给你王大爷,说是上级救济他的。你王大爷也不傻,没啥报答的,天天扫大路去……你哥去年把村委会收拾了一下,弄成了养老院,把你王大爷和几个孤寡老人接了进去,今年都在养老院过年呢。”

我似懂非懂地点了点头。

·犯　病

老王退休不到两年，患上了阿尔茨海默病，说白了就是老年痴呆，智商很低。他跟其他痴呆患者的状况差个八九不离十，记忆力消减，行动不便，譬如水杯明明拿在手里，却满屋子转悠着找水杯；本来要到卫生间小便，到了卫生间却忘记自己要干什么，转回来时已经把裤子尿湿了；走起路来磕磕绊绊的，随时要跌倒的样子；等等。有时老伴叫他："老王，该吃饭了。"他却一脸茫然，等到老伴连叫数声，走到他面前大声呼唤，他才像个犯错的小学生："老大娘，你是叫我吗？"有时把老伴当作"姐姐"。弄得老伴哭笑不得，心里却如针扎一般难受。老王干了一辈子革命工作，退休后本该含饴弄孙、颐养天年，想不到得了这种病。

有人建议说，让老王常去他熟悉的地方，或许能恢复他的记忆。这种说法像是有点道理，老伴就带着老王来到他工作了一辈子的地方，这里转转，那里逛逛。可是，去了几趟后，一点效果也没有。老王常常把张三当成李四、王五当成陈六，把比他年龄小的局长当成"哥哥"。有一次，老王来到办公室，向比他年龄小三十多岁的小姑娘叫"大娘"，人家小姑娘初来乍到，不明就里，哇地一声哭着跑了出去。

局长是个好局长，心里也很难过，毕竟是自己的兵啊，不能撒手不管，就对老王的老伴讲，大娘，还是去医院吧。老王的医疗费单位都给报销，钱不是问题。

老王的老伴感激得直点头。

就这样，老王又被老伴领着往医院跑。每次去，都要提溜回一大包药。反正是只要沾点边的药，医生都给开了。这年头，医院最不缺的就是药。

两个多月过去，秘方、偏方都用了，中药、西药都吃了，针灸、按摩都试了，没见什么效果，老王的老伴有点泄气。医生蛮有信心地说："病来如山倒，病去如抽丝。不要急嘛，干什么都要有个过程。上次他来管我叫叔叔，这次叫我弟弟，不就是有点进步吗？"

老王的老伴无言以对，就又默许医生开了一大堆药。

老伴搀扶着老王刚走出医生办公室，只见一个小伙子旋风似的跑了过来，后面一个中年妇女撕破嗓子似的叫喊："抢劫啦，抢劫啦。"老伴忙拉着老王，打算往后闪一闪，让那个小伙子跑过去。毕竟是亡命之徒，他们老两口如何对付得了？若不识时务，还不是拿鸡蛋往石头上碰，能有个好？

谁知道，老王愣了一下，一反常态，挣脱老伴的胳膊，箭步冲上前去，一抬腿把那个小伙子绊倒在地。没等小伙子爬起来，老王就扑上去，把小伙子死死摁倒在地。老王到底上了年纪，小伙子挣脱老王，爬起来刚要跑，被随后赶来的保安和行人给制服了。

老伴好半天才反应过来，上前抱着老王，泪如雨下。

说来奇怪，这件事过后，老王还原到过去的样子，傻呆呆的。甚至被问起制服歹徒这件事时，一问三不知，想不起来了。

类似的事情后来又发生了一次。那天,老王和老伴在看病返回的途中,公交车行驶到偏僻路段时,一名中年男子猥亵一名小姑娘。小姑娘呼救,车上的乘客都佯装瞌睡,一个个成了缩头乌龟。中年男子更加有恃无恐,动作更加放肆。小姑娘大叫:"救命啊,救命啊。"

老王腾地站起来:"住手!"老伴见状,知道老王又"犯病"了,忙偷偷拨打了"110"。车上的其他乘客,也纷纷站起来帮腔,声讨那个中年男子。

司机刚把车停稳,中年男子急慌慌、灰溜溜下车了。

跟上次一样,待到一切都平息下来,老王恢复了先前的状态,又痴呆起来。

司机上前感谢老王。老王茫然不知所措,不知道发生了什么事,吓得躲到老伴后面,像个做了错事的小孩子。

司机和乘客们都不理解。

老王的老伴忙给大伙儿解释,老头子有病,阿尔茨海默病,老年痴呆。

这话让大伙儿更加糊涂了,老年痴呆怎么在关键时刻能站出来呢?这不胡扯吗,难道这个老大娘是个精神病患者?

老王的老伴一边抹眼泪一边说,老头子退休前,是公安局的一名刑警。

顿时,车厢里掌声一片。看到众人都稀里哗啦地拍着巴掌,老王也咧开嘴乐了,跟着大伙儿一起拍巴掌,一边摇头晃脑地唱着:"你拍一,我拍一,一个小孩坐飞机……"

傻 妞

傻妞是个弱智，到了二十五六岁还待字闺中。

说傻妞是弱智，也只是轻微的，头脑不是很灵醒，用当地话讲就是少一根筋，说得更通俗一点，有点憨憨的。爱美是女孩的天性，傻妞也一样，每天都把自己打扮得清清爽爽。如果你不了解她，第一眼根本看不出傻妞是个有缺陷的人。镇里边关于她的逸闻趣事就有好多。譬如，镇里演露天电影，看到银幕上一辆马车迎面奔跑而来时，傻妞就会吓得连忙离开现场，跑得远远的，直到那辆马车从银幕上消失，才又回到银幕前；有时看到银幕上的瓢泼大雨时，她就忙跑回家拿把雨伞，然后撑开雨伞看电影……刚开始，大伙儿还觉得挺好玩，时间一长也就见怪不怪。如果她不干出点什么出格的事情，大伙儿反倒感到不正常。

每年正月十五那天，镇里都要唱大戏。外地来的草台班子。唱戏的费用当然是政府给解决的，或是有钱人家赞助的。只要唱戏的一来，傻妞就把自己的粮食弄半袋给戏班子送去。戏班子的人不理解，傻妞的家人也不理解。有一次，唱戏的团长问傻妞："你为什么送粮食？"傻妞笑了笑，歪着头，嘴咬着自己的一根指头，不吭声。团长再三追问，傻妞还是那个表情，不说话。团长想了想，说：“你要不说，我们就不演了！”傻妞脸色一变，忙结结巴巴地说道：“没、没吃的，你们咋唱戏？”就这一句话，把团长感动得鼻子酸酸的，不知道说什么才好。

下午的戏唱罢，是吃晚饭的时间。当地村民有个风俗，要请唱戏的到家里做客。当然，请的都是名角。戏班子里的名角也就那么几个，好嗓子的黑脸、威风的红脸、英俊的小生、漂亮的旦角，有扮神仙的老生也在邀请之列。白脸的奸臣、嗓子不好的配角、看戏箱的、拿着本子在幕布后面提台词的，等等，这些人都不会被邀请。民间有个说法，家里有七灾八难，宅院里闹神闹鬼的，请唱戏的去家里一趟，因为唱戏的都是“大人物”，如岳飞、秦琼、敬德、关公、张飞，等等，长得五大三粗，性子野，一身武艺，能镇得住那些妖魔鬼怪。若是当天有这些人物的戏，请的人就多了去了。

单说这天下午戏唱罢，傻妞非让看戏箱的老毛到她家里去吃饭，大家都觉得好奇。特别是傻妞的爹，说：“闺女，你为啥让毛师傅来吃饭，他又不会唱戏。”傻妞的脸一下子红了，用手绞着自己的辫子，看了一眼爹，又看了一眼毛师傅，才说：“他、他给我搬了凳子。”原来，傻妞看戏的时候，被大伙儿挤到后面，踮起脚尖、伸着脖子也看不见，老毛就把自己的凳子让给了傻妞。剧团的团长听说这事后，感慨不已，谁说这闺女憨，我看一点也不憨。有人就开老毛的玩笑，说老毛，我看你对傻妞有意思，你反正也是个光棍，把她介绍给你吧？老毛一边摇头，一边嘟囔，也不知道嘟囔的啥。看样子，他也嫌弃傻妞。

当天晚上有一场现代戏，一个老汉进城给孙子看病，下车时，发现身上的钱被偷了。那钱是老汉卖猪的钱，是救命钱。同车的乘客得知情况后，纷纷捐款给老汉。小偷良心发现，又把偷来的钱还给了老汉。

恰好剧中的一个角色感冒了，上不了场。临时让谁救场，没有一个人愿意。这个角色是个配角不说，还是那个小偷！团长就想到了傻妞，想让她代替这个角色。其实这个角色简单，没有台词，只有两个动作——把老汉身上的钱悄悄掏出来，最后还给老汉。

团长给傻妞说了半天戏，傻妞终于似懂非懂地点点头。

戏开场了。剧情一步步推进。该傻妞上场了，第一步，她要去偷老汉裤子口袋里的钱。

谁也没想到，傻妞走到“老汉”身边，没把手伸进“老汉”的口袋，而是伸进自己的口袋，掏出一把零碎的票子，塞给“老汉”。“老汉”也给搞蒙了，掏出傻妞塞给的那把零碎票子，下意识地说：“你要干啥？”傻妞说：“大爷，我身上就这点钱，您给孙子看病吧！”“老汉”给搞糊涂了，台上扮演乘客的演员都给搞糊涂了！这是哪儿跟哪儿啊？幸亏，那些演员们脑子反应快，纷纷从自己口袋里掏钱给“老汉”……

看到这儿，现场的观众谁也没发现问题，谁也不知道演砸了，反而起劲地鼓掌叫好，他们说，这是他们这辈子看过的最好的演出。

后来的事情皆大欢喜，傻妞成了这个草台班子的一员。一年后，她结婚了，那一位就是看管戏箱的老毛。

·中　奖

最近一段时间我发现，茂恩吃了晚饭就上街了，老半天才回来。这孩子出去干啥了？在工地上累死累活一天，夜里光想尿床，还有心逛街？购物？不像，没见他拿什么东西回来。看电影，也不可能。这孩子平时很俭省，吃根冰棍都舍不得，不会去看电影。看黄色录像，也不会，现在街面上那种玩意儿早已销声匿迹了……难道说，难道说是去找小姐了？想到这儿，我的头一下子大了。茂恩老实得三棍子敲不出一个屁，会有这胆量？再想想，也有可能，一切皆有可能。他今年二十四岁了，要在老家，像他这种年龄，早已经是打酱油的孩子的爹了。是个男人都有那种需求，除非功能不正常的。不行，我得说说他。跟我出来时，他爹再三对我说，茂恩这孩子实在，要多关照，挣钱不挣钱无所谓，不能出事，更不能惹事。

可是，可是，我若是直接问茂恩，他不承认怎么办？再说，这也不是什么光彩的事，嚷嚷出去，说不定还会把警察招来呢。我留了个心眼，这天晚上吃罢饭后，看到茂恩一个人又出去了。我悄悄跟在他后面，走了大约两里地，只见他走到一个卖彩票的小亭子前，原来他要买彩票！

这孩子，真是想钱想疯了，也不站在水坑前照照你那熊样，中奖能轮到你？

亭子里没有其他顾客，只有一个卖彩票的姑娘。这地方在市郊，周围都是建筑工地，民工居多，挣个钱比吃屎还难，谁会来买彩票？

茂恩上前跟小姑娘聊了一会儿，买了张彩票走了，直接回了工地。

难道这些天茂恩都是来买彩票？

这一次，我没有理会他。

第二天晚饭后，茂恩又出去了，还是去买彩票！

在回来的路上，我截住了他。我说："茂恩，你买多少？"

茂恩感到很不好意思，挠了挠头："叔，不多，十元钱的。"

十元钱是不多，账就怕细算，一天十元，一月三百元，一年就是三千多元，两头肥猪没了。我苦口婆心地劝他："买彩票是消费，不是投资。中奖的概率是几十万分之一，少之又少，低之又低。中国每年中大奖的才有几人？"

茂恩低着头不吭声。

看来我的话他是听进去了，我有了信心，继续敲打他："即便是那些中了大奖的，有几个过上幸福日子的。被誉为哈尔滨'彩王'的马洪平，曾两次中得500万元彩票大奖，但仅仅三年时间，他买彩票陆续将奖金全部花光。为了继续买彩票，他诈骗亲友邻居130余万元，最后被警方抓获身陷囹圄……你知道不知道？"

茂恩还是不抬头，连个屁也不放。这下我的火气再也憋不住了，不由得提高了腔调："你今年都二十好几了，还是攒钱把媳妇娶到家里是正事……"

"叔，我以后不买了。"茂恩抬头看我一眼，又把头低下。

哼，你没错，干吗不敢正眼看我呢？我气哼哼地走了。

没想到，我发现，过了一段时间，茂恩还是照买彩票不误。

这孩子真是没救了，难道也成了标标准准的"问题彩民"？

这天，我又拦住了他，没容我开口，他就说："叔，我看卖彩票的姑娘可怜……"

"可怜？"我真有点哭笑不得，"你连个媳妇也找不下，谁又可怜你？"

他蚊子哼似的分辩道："叔，她一天卖不了几张。"

我不说话，盯着他，是不是脑子进水了。

"叔，她家是农村的，两个弟弟都在上大学，全靠她一个人供养……"

我再也忍不住了："她说的话你也相信。"

茂恩惊讶地看着我，好像我不是他叔似的："叔，她不会骗我的。有一次她弟弟向她要学费，老板没给她算账，她没有钱。那次咱刚好开了工资，我给她一千元，她不要，我说算是借给她的，她死活不接……叔，就凭这点，我认定她没有骗我。"

榆木疙瘩！傻蛋！我气得扭头就走，发誓再也不管他了。

事后，我听说茂恩还是天天去买彩票，我正打算把这个情况给他父母反映一下，茂恩嚷嚷着请客，说他订婚了。

"订婚？对象是哪个？"我给搞糊涂了，工地上也没有大姑娘啊，有两三个妇女，但都是结了婚的，莫非是在老家订的？

到了饭店，我才知道，茂恩的对象是那个卖彩票的姑娘。

茂恩这孩子不傻，这次中大奖了！一时间，我心里感慨万分。

寒冬里的暖意

天寒地冻，北风呼啸，火车站站前广场依然人潮涌动。

一个没有双腿、十二三岁的小男孩“坐”在广场一角，他面前放着一个搪瓷茶缸，里面有零星的角币和分币，看样子总共也不过两元钱。一瞧这个架势大家都知道，小男孩是个乞丐。

有不少人从小乞丐面前经过，大多是瞟上一眼，而后扬长而去，好像无视他的存在。小乞丐眼巴巴地看着从他跟前经过的每一个人，迎接他们到来时，眼光像是点燃的火苗；目送他们离去时，眼光好似耗干了油的灯头。已经有大半天了，没有一个人停下来，甚至没有人正眼看他一眼，更别说往搪瓷茶缸里扔钱币了。一对年轻情侣与小乞丐擦身而过，走出两步远，那个女的又停下脚步，扭过头来，一边去翻看自己的小提包。那个男的明白过来，轻轻拉了女的一把，说别发慈悲了，现在这样的骗子太多了，说不准人家家里比我们还富裕。女的一边扒拉提包一边说，没有零钱，算了。说罢把挎包甩到肩上，和男的飘然而去。

天空飘起了零星的雪花，小乞丐身上穿的棉袄破烂不堪，根本抵御不了寒冷，不住地瑟瑟发抖。

人来人往，脚步匆忙。雪花给小乞丐披上了一层白，他抖落身上那层白，依然保持着原来的姿势。

这时，过来一个拄着拐杖的老人，他在小乞丐身边停下来，认真打量着小乞丐，然后从口袋里掏出一把钱放在小乞丐面前的搪瓷茶缸里，搪瓷茶缸一下子满满的。小乞丐又惊又喜，忙给老人磕了一个头："谢谢老爷爷！"老人爱怜地抹了一下小乞丐头上的雪，说："孩子，天太冷了，回家吧。"小乞丐点点头，把搪瓷茶缸放进胸前的布袋里走了，不，是两手撑地，屁股一下一下往前挪动的。

老人看到小乞丐"走"远了，就放下拐杖，在小乞丐坐过的地方坐了下来——原来，老人也是一个乞丐。

故事并没有结束。

大约一年后，小城一个年轻人患上了白血病，要进行骨髓移植手术，需要很大一笔费用，可是小伙子家境贫寒，拿不出这笔费用。年轻人的朋友就自发做了个"爱心捐款箱"到街头为小伙子募捐。

那一天也是异常寒冷，"爱心捐款现场"很冷清——也可能是天寒地冻，人们很少出门，不知道这里有个"爱心捐款现场"。当然，偶尔也有人行色匆忙而过，当他们注意到"爱心捐款箱"后，行色更加匆忙了，有人冷言冷语道，说不定是个骗局呢。是啊，不是有关部门组织的，谁会相信呢？

这时，那个小乞丐"走"了过来。

"爱心捐款箱"旁边的组织者以为小乞丐是过来乞讨的，抱歉地笑着说："小朋友，实在不好意思，我们也是乞讨的，没有钱给你啊，你还是到别处去吧。"

小乞丐说："叔叔，我是来捐款的。"

等“爱心捐款现场”的组织者明白过来，小乞丐努力伸展着上身，把身上口袋里的钱币一下一下塞进了空荡荡的捐款箱里。

有记者捕捉到了这个镜头并把照片刊登在了报纸上。

白血病患者看到报纸后，一下子泪流满面——他认出了小乞丐——他就是一年前阻止女朋友给小乞丐捐款的小伙子。

记者又写了篇后续报道，很快又引起读者的强烈反响。

故事的结局很美好、很温馨。社会各界纷纷给小伙子捐款，在短时间内筹集到了全部医疗费用；小乞丐也被一个企业老板领养。

护林员老杨

天蒙蒙亮，老杨就起床了。说是“床”，其实是山上的石头支起来的石板。他打开蛇皮袋看了看，能糊口的只剩红薯了。他已上山将近两个月，干粮哪有不吃光的道理。老伴身体虚弱，不会背粮来给他的，她根本就爬不上这海拔1800米的山。他也想下山，可是，两个多月没下一滴雨了，正是高火险天气，林区枯枝落叶见火就着，而且在此防火期里，要一天三次向县林业局防火值班室报告林区的情况，实在是离不开啊。老杨装上两个红薯，背一壶开水，拿一把斧头，出发了。

山上的树木密密匝匝，郁郁葱葱。盘根错节的古榕，虬干曲枝的柏树，吐蕾展瓣的山杏，铺青叠翠的灌木……阵风吹过，绿浪翻滚，林涛作响。

老杨欣慰地笑了。

在山上整整20年了，这些树林可都是老杨看着长大的。林很密，山上也没有路，有时他用斧头把绊腿的荆棘砍掉；有时枝丫低垂，他不得不趴在地下匍匐过去；有时从树枝上垂下几丝茑萝，缠在他的脸上；有时遇见啄木鸟贴在树上一动不动，用惊喜的眼神凝视着他；有时听见黄鹂和画眉的歌唱,但不知在什么地方……一会儿工夫,他头上的汗珠子就滚了下来,流进眼里又酸又涩,但他已习以为常了,用袖子抹一下脸上的汗珠,继续往前赶路。如果不抓紧时间巡视,他怕天黑前摸不回他住的山洞。

来到一个小山头,老杨拿出高倍望远镜认真地四下观察,发现没有异常后,这才松了一口气。然后,他就对着大山可着喉咙吆喝起来:“嗷嗬,嗷嗬……我来了!”空旷的山谷里一波一波地回荡着他的喊声。他好想和人说说话,可是山上没有人,方圆10千米都没有人烟,他只有自己“吼”给自己听了。可是他的声音并不美妙,他吼了几声就气馁地放弃了。

忽然,一阵哗啦啦的声音传来,他循声望去,愣住了,只见七八头野猪向他围了过来,看样子最大的有一百多千克,最小的也有四五十千克。在离自己十几步远的地方是十多丈高的悬崖,已无退路可走。他就屏着呼吸,忍着钻心的疼痛,躲进旁边的圪针丛里,腾出一条通道让野猪过去。直到这群野猪从视线里消失,他才慢慢地爬出来。

老杨庆幸化险为夷。他来到另一个山头,刚放下的心又被悬了起来,他看见了山脚下的浓烟和火光。他浑身打战,又气又急,这火就像是在烧他的骨头、烧他的心啊!虽然失火处在林子边缘,如果不及时扑灭,一旦引燃山林,后果不堪设想。他拨打“119”和“110”后,立即向林业局防火值班室报告险情,随后向山下跑去。

等老杨跌跌撞撞跑到山下,他身上的衣服被荆棘扯得长一片短一截,脸上、胳膊上挂满了一溜一溜的血道子;他的两只黄球鞋不知什么时候跑丢了,两只脚掌上的血泡磨破又生出,血淋淋的惨不忍睹……他气喘吁吁、大汗淋漓,加上头发长长的、胡子黑刺刺的,把人们着实吓了一跳，以为是“野人”下山了。

老杨看到着火的地方不是林子，是一堆干草枯叶，而且已被大伙儿扑灭了，他心里一松劲儿，一屁股瘫坐在地上，好半天才在老伴的搀扶下站起来。纵火者是一个不到二十岁的孩子，他怯怯地站到老杨面前，不知如何是好。老杨的脸本来就黑，这下更黑了，他狠狠扇了那个孩子一巴掌，说：“杨林，你不上学，咋回家放起火了？若把山林点着，等着挨枪子吧！”早有人拉开了老杨，劝说着他。老杨的老伴抹着泪，拉过那个叫杨林的孩子的手，哀怨地对老杨说：“孩子早就毕业了……”

老杨愣怔了一下，愧疚地看了杨林一眼，但他什么也没说。

杨林看了看老杨，终于开口说道：“我和娘好多天没看到你了，很想你，又不知道你在山上什么地方……我就弄来一堆干草点燃了，猜测你看到火光一定会下山的。”说到这儿，杨林就泣不成声了。

老杨一把抱住杨林，眼里流出了泪，他哽咽着说：“孩子，爹对不起你……”

第二天，老杨背着一袋子干粮又上山了。他后面跟着一个孩子，那是他的儿子杨林。

听风者

农业局办公室的马秘书身怀绝技，听力非常好，有“听风者”之美誉。跟你这么说吧，屋顶上溜过一只猫，他能听出是公猫还是母猫；窗外溜过一丝风，他能听出是东风还是西风，是东南风还是西北风；树梢上有两只麻雀叽叽喳喳在黏糊，他能根据鸟语分辨出是哪只鸟在向另一只鸟求爱……马秘书自己也说，他还能够通过聆听胎动，预测孕妇怀的是男孩还是女孩，是不是双胞胎，是不是龙凤胎。不过，截至目前，还没有哪一个孕妇自告奋勇愿意尝试。

有人会说，是骡子是马拉出来遛遛。咳，机会还真就来了。

这一天是个国际性的节日，具体什么节日并不重要，局里上午首先举办了座谈会，然后开展了拔河、跳绳等一些娱乐性的活动。这些活动都结束后，离中午聚餐的时间还有那么一点时间，有人就提议做个小小的游戏，测试一下马秘书的听力。

具体步骤是这样的：把马秘书关在办公室里，让人从门外的走廊上走一趟，让马秘书猜猜是哪一个。

这个提议得到了大家的一致赞同。马秘书笑眯眯的，一副胸有成竹、志在必得的样子。

游戏正式开始。第一个上场了,刚走两步,马秘书就在屋里叫道:是傅局长。

不错,正是农业局的一把手傅局长!

马秘书得意地说,傅局长办事果断,雷厉风行,走路也是掷地有声、铿锵有力。这话不免有拍马屁的嫌疑,但他毕竟猜对了,瑕不掩瑜,大家还是报以热烈的掌声。

第二个也只是走了不到五步,马秘书就在屋里叫道:是郑副局长。

这一次,马秘书也猜对了,门外走的正是农业局的二把手郑副局长。

马秘书说,郑副局长做事稳重,为人低调,走路也是一样稳重。

第三个是打字员小娟。为了增加难度,小娟特意用平底鞋换掉了高跟鞋。

这也难不倒马秘书。他说,小娟年轻开朗,身轻如燕,走路都像是在跳舞。

第四个是办公室主任老李……

第五个是司机大牛……

第六个是门卫老焦……

第七个是厨师小胖……

局里百十号人依次走过,马秘书都一个不差地给猜了出来,真是神了!

有人说,这要在战争年代,马秘书绝对有用武之地,不说是英雄,但肯定不是狗熊。

“再来一个!”傅局长示意马秘书进屋,然后让老李把大门口拴着的两只狼狗放进来一只。这两只狗一个叫大黄,一个叫二黑。放进来的是大黄。

狼狗在走廊上遛了一圈。马秘书猜出来是狗，但没分辨出来是大黄还是二黑。第二趟大黄刚开始走，马秘书就在屋里叫道：是大黄！这一次，马秘书除了捕捉狗的脚步声外，还借助了狗的呼吸声。

现场又是掌声、叫好声一片。

这时，从大门外又来了一个人。这个人大家都认识，也是马秘书的熟人。老李灵机一动，让马秘书不要开门出来，让他猜猜来人是谁。

凭马秘书的本事，猜出来应该不是难事。

一趟，一趟，一趟……来人在走廊上来回走了五六趟，走得额头上都冒出了汗。呵呵，还真是奇怪，马秘书愣没猜出来。他在屋里丧气地说出了谜底：不是熟悉的人猜不出来。

哼！来人听到这话，气得扭头就走。

“大叔……”在场的人纷纷挽留。

马秘书打开门，看到那人佝偻的背影，张了张嘴，终于叫出了声：“爹！”

“我不是你爹！鳖儿子，半年不见就拿爹不当爹了……”

竹子开花

过了破五,爸爸就要出门了。

媛媛和妈妈送到大门外,三个人的脸上一律挂着依依不舍的表情。媛媛知道,爸爸这一出门,好长时间才能回来,她牵着爸爸的衣角,小声问道:“爸,您啥时候回家啊?”

怕啥来啥,爸爸最怕她们问这个话题了。他心一酸,轻轻抚摸着媛媛的头发,触到媛媛头发上别的牡丹头花,瞅着院子前面的竹林,说:“媛媛,等、等到竹子开花的时候我就回来了。”

听到这话,妈妈瞋了一眼爸爸,动了动嘴唇,却又什么也没说。

媛媛兴奋地跳起来。她知道,年过完,春天马上就要到了,爸爸很快就会回来。因为,好多好多的花都是春天开的,竹子也一定是。

爸爸走后,媛媛就天天去竹林里看,看看竹子有没有开花。

看着看着,春天就到了。迎春花开了,一小朵一小朵的,黄灿灿的,煞是好看。媛媛走到竹林前,竹子一如既往地青枝绿叶,她左瞅右寻,瞅不到花蕾在哪里。妈妈正在竹林里砍竹子,说,媛媛,早着呢,好多花都还没开呢。

嫒嫒就四下看看，果真是这样，山坡上、地堰边，只有一丛一丛的迎春花，她的心思也就不那么急躁了。

桃花开了，杏花开了，梨花开了，槐花开了……竹子还是没有开花。嫒嫒就急得问妈妈，妈妈，竹子咋还没有开花？

看着嫒嫒要哭的样子，妈妈就柔声说道，菊花不是还没开？还有蜡梅，都还没开呢。

嫒嫒还小，不知道菊花开在深秋，蜡梅开在冬天，便似懂非懂地点了点头。

嫒嫒怕错过了竹子开花的时辰，还是坚持每天到竹林前观看，一天，一天，觉得日子是那么地漫长。实在闲得无趣，嫒嫒就去看妈妈编制竹筐，农闲时节，妈妈就干这个，遇到集日便挑去兜售。妈妈先把竹竿劈成一缕一缕的竹条，然后再用竹条编制竹筐。那些竹条在妈妈手里来回摇曳，左转右旋，蜿蜒迂回，不到半天工夫，一个棱角分明的竹筐就编好了。妈妈的手有时会被竹刺扎破，鲜血直往外冒。妈妈也不哭，用唾沫吐两口，沾些泥土，然后继续编筐。

看着嫒嫒惊讶的样子，妈妈说，泥土就是药。这话嫒嫒相信，因为爸爸出门时曾挖了些院子的泥土，说是治病用。

到了秋天，菊花开了，竹子还没开花；到了冬天，蜡梅开了，竹子还是没有开花……嫒嫒说不出有多沮丧，觉得妈妈骗了自己。

这时候，嫒嫒收到爸爸给自己寄来的一包头花，好多个呢，有牡丹花，有菊花，有荷花，好多啦！若在往常，嫒嫒会高兴地大呼小叫，这次没有，她知道，爸爸肯定是不回来了。不但妈妈骗了自己，爸爸也骗了自己。她咧了咧嘴，哇的一声哭了。

妈妈觉得不能再继续欺骗嫒嫒了，就给嫒嫒说了实话。她说，嫒媛，竹子很少开花的。竹子若是开花，就说明它就要死了。

媛媛眼泪也顾不上擦，瞪大眼睛瞅着妈妈。

妈妈说，你爸在外也不容易，工资开得不及时，我要是不编筐，平时的零花钱都没有。这片竹林就是咱家的摇钱树，你希望它们开花吗？

媛媛就使劲地摇了摇头。妈妈用竹子编筐，换来的钱给她买衣服、买玩具、买饼干。有时，妈妈还用竹笋炖肉给她吃呢。

妈妈叹口气，把媛媛揽在怀里，拿手轻轻去拭她眼角的泪花。

第二天，因为天冷，妈妈就在屋子里编筐。忽然听到媛媛在院子里叫道，妈妈，妈妈，你快出来，竹子开花了。

妈妈心里一惊，忙跑了出来，到了竹林前，她看到竹枝上果然有不少花——牡丹花、菊花、荷花……那是爸爸给媛媛买的头花。

妈妈憋着眼里的泪，连接了几次，才接通爸爸的微信，把手机的摄像头对准了竹林。

看到竹子上飞舞的头花，爸爸身子一颤，差点从脚手架上歪下来。

一套红木家具

高师傅收藏了一套明朝时期的红木家具。这套家具整整38件，完好无损不说，材质属于红酸枝木，表面光泽度高，而且有包浆，雕花也十分精美。

高师傅的儿子高平很高兴。这些年，红木家具因被明、清两代皇室御用而受到民间收藏家的追捧，随着红木家具收藏和消费市场不断升温，加上原材料日渐稀缺，红木家具的身价一路飙升。按照当下的行情，无疑这套红木家具价值连城，绝不是一个小数目。这套家具是父亲收藏的不假，但是，父亲已是八十高龄的人了，自己又是他唯一的儿子，等于说，自己是唯一的财产继承人。高平能不高兴吗？

有人出价500万元。

高平暗喜，有了这500万元，就能在小县城买一套大房子，然后再买一辆中档小汽车，剩下的钱存起来，用于平常的生活绰绰有余。

不料想，高师傅摆了摆手，没有答应人家。

高平猜测，肯定是父亲嫌价格低了，想把价格再往上抬抬。好啊，高平满怀信心地期待着，期待着父亲收藏的这套红木家具能卖上个好价钱。

果然，过了一段时间，有人出价1000万元。

呵呵，高平大喜过望。如果1000万元成交，他就在省城买套房子，买一辆最新款的奥迪，干脆把工作也辞了，去旅游，先中国，后外国……这才是优哉游哉的日子，这日子才叫滋润呢。

没想到，高师傅摇了摇头，拒绝了。

难道父亲还嫌人家出的价格低，他想卖多少钱呢？高平不敢问父亲。有一次，他问父亲这套家具值多少钱。父亲狠狠瞪了他一眼，说你最好别打这套家具的主意。想一想，父亲的心情也可以理解。为了这套家具，父亲耗尽了一辈子的积蓄，有一次小偷来偷，父亲差点把命搭上。

再后来，有人把价出到了5000万元。

乖乖哩，这可是个天文数字，连做梦都想不到。高平心里狂跳不已。5000万元，这钱该怎么花呢？到国外去，对，就在国外买套别墅，听说澳大利亚最适宜居住，就去澳大利亚……可是，父亲居然不动声色。而且，很坚决地把来人给撵走了。

父亲想干什么？想把这套家具带到坟墓里去？不是没有可能。明朝有一个收藏家吴洪裕，收藏了元朝画家黄公望在82岁时画的《富春山居图》。他很喜欢这幅画，在临死前下令将此画焚烧殉葬，幸被吴洪裕的侄子从火中抢救出……难道说父亲也打算学吴洪裕？想到这里，高平惊出了一身汗。高平思来想去，就又找了一个爱好收藏古家具的大老板来做父亲的工作。

大老板先是出价6000万元，高师傅不同意，又出价7000万元，高师傅还是不同意……最后，这位老板出价1亿元。高师傅居然还是不答应。

大老板很是不解，问道：“高老先生，我都出到天价了，您怎么还不同意呢？您还想卖多少？”

高师傅说：“你若真喜欢这套家具，就盖一个博物馆，我把这套家具捐出去。”

大老板说：“您说的可是真的？”

“我现在就可以跟你签协议。”高师傅说。

难道父亲老年痴呆了？不像。高平不理解，又不敢问父亲。

后来，博物馆建成，高师傅就如约把家具让那位大老板拉走了。

高平强忍住心头的不满，说：“爸，您给我留下的是什么？”

“你说呢？”高师傅反问一句。

高平终于忍不住了，气呼呼地说：“爸，您什么也没给我留下！我都奇怪，我是不是您的儿子？”

高师傅淡淡一笑：“孩子，我给你留下的财富价值连城——平安。”

“平安？”高平半天没有回过神来。

堆雪人

猴子最不安分，上蹿下跳，你追我赶。有一只猴子去抢一个小妹妹手里的香蕉，吓得小妹妹一屁股坐在地上，哇哇大哭。本来小福也要去喂猴子的，见此情形，催促爸爸快走。河马、骆驼、狮子、老虎、长颈鹿……动物园里动物真多啊。小福骑在爸爸的脖子上，眼睛都不够使。小福挺害怕老虎的，到了老虎的笼子跟前，却见老虎最老实，卧在那里一动不动，懒洋洋的，一点也不吓人。饲养员叔叔放进去一头小牛。小福吓了一跳，说老虎还不把小牛吃了？爸爸说，小牛就是喂老虎的。谁知道，老虎看到小牛进去，东躲西藏，倒被小牛撵得乱窜……

“小福，小福，快起床！”妈妈在叫他了。

小福不吭声，有点恼恨妈妈。他使劲闭上眼睛，打算接着做刚才的梦。

“小福，快起来，下雪了。”

“真的？”小福忽地一下子坐起来，顾不得穿衣服，就推开了窗户，一股冷风嗖地钻了进来。小福打了个寒战，忙把被子拉起来捂在身上。随风进来的还有几片雪花，转眼便不见了。真的下雪了！雪花纷纷扬扬，扯天连地。

“关上窗户，别冻着你。”妈妈来到床前，关上窗户，然后把衣服撂给小福。

“我会穿。”小福推开妈妈的手，自己手忙脚乱穿起来。

妈妈感到奇怪。小福四岁了，有些事情自己会做，比如穿衣服，他却老是撒娇，让她帮着穿。今天咋学乖了？懂事了？长大了？想到这里，妈妈的脸上掠过一丝笑容。

小福穿上衣服，妈妈帮他抻了抻，让他洗脸，他却跑到院子里了，要妈妈和他一起堆雪人。

“堆雪人？好，好，好！洗过脸，吃过饭再堆。”妈妈哄着小福，把他拉回了屋里。

若搁以往，小福吃顿饭没有一小时不行。他一边吃一边看电视，或是一边吃一边玩，有时一边吃一边让妈妈给他讲故事，反正，总是不好好吃饭。没想到，今天一碗鸡蛋汤，三口两口就吃完了。真是有点反常。不管咋说，吃完就好。妈妈松了口气。

不等妈妈收拾碗筷，小福硬拉着她出去堆雪人。

雪花飘飘洒洒，像是大方的老天爷往下撒爆米花似的，一把，一把，又一把。远处，近处，到处都是雪，分不清哪是天哪是地了。母子两人铲着雪。小福的力气小，纯粹是在玩，其实都是妈妈一个人在铲雪。

雪已经铲了好大一堆。“小福，堆个啥呢？米老鼠还是唐老鸭？”妈妈拉着铁锨走过来，用手拭了拭小福头上的雪花。

小福看了妈妈一眼，摇了摇头。

“黑猫警长？”妈妈又问道。小福最爱看动画片了，说长大了要当黑猫警长，要保护她呢。

小福又摇了摇头。

“雪太大了,要不等雪停了再堆吧。”妈妈看了看天,就丢下铁锨进屋了。

小福噘着嘴没有跟妈妈进屋,用手里的小铲子玩着那一堆雪。

妈妈也不理睬他,马上要过年了,家务活多着呢。她洗罢碗,正在收拾床被,忽然听到小福呜呜哭起来。她忙跑了出去。小福坐在雪地里,捂着脸在哭。

“小福?咋啦?”妈妈上前去拉小福,顺势拍了拍他身上的雪花。

小福扑到妈妈怀里,呜呜哭得更伤心了。

妈妈把小福拉到屋里,哄了好半天才止住他的哭声。

“小福,你到底哭啥?”

“妈妈,我想堆个爸爸,可是,我、我想不起来爸爸的样子了。”小福说罢,眼里的泪又一下子流了出来。

听了小福的话,妈妈强忍着没让眼泪掉下来,男人昨天已经打回来了电话,说过年在工地上看管仓库,半个月顶住平时一个月的工资,今年过年就不回来了。

妈妈骗人。小福睡下后,爸爸背着大包小包回来了,有吃的有穿的,啥都有。爸爸知道小福要上学了,特意买了一个新书包。书包上面画着米老鼠和唐老鸭……小福开心地蹦起来。这一蹦,小福一下子醒了。他的腿踢到了妈妈身上,把妈妈踢醒了:“小福,做梦了是吧?”

小福兴奋地说:“妈妈,我梦里见到爸爸了,我还记得他的样子,明天堆雪人。”

“好,明天堆雪人。睡吧。”

听着雪粒打在窗棂上沙沙的声音,小福想了想,又说:“妈妈,把雪人堆到屋里好吗？外面太冷了，我怕爸爸冻坏了。”

“好孩子……”妈妈紧紧把小福搂在怀里，心里边恨恨地想，明天就给死鬼打电话，过年不回来，元宵节一定滚回来！

相亲鱼

早年间,靠山屯有个不成文的习俗,相亲的时候,宴请的酒席上必得有一条鱼。能吃得起鱼,说明这户人家家境殷实,年年有余(鱼)。即便是贫困人家,有了鱼,娘家人也不好说什么,亲事十有八九就成了。久而久之,这道菜被唤作“相亲鱼”。有首歌谣是这样唱的:“吃了相亲鱼,双喜来临门;吃了相亲鱼,事事都顺利;吃了相亲鱼,祖祖辈辈不是达官(就)是贵人。”由此可见,“相亲鱼”在当地人心中的地位。

王富有,并不富有,兄弟六个,加上爷爷、奶奶、父亲、母亲,一家十口人靠两亩多的薄地糊口,要多艰难有多艰难。农闲的时候,一天吃两顿饭,汤稀得能当镜子照。就是这样的饭,吃饭时兄弟几个像圈里的猪抢食儿。没有农活,兄弟几个就躺在炕上,睡不着也得躺,为的是节省能量,少吃粮食,也免得出去疯跑把鞋底子磨破了。

王富有十八岁的时候,家里攒了三个月的鸡蛋,终于打动媒人提了一门亲。亲事成不成,全靠媒人那张嘴。如果男的是秃顶,媒人就会对女方说,没有头发说明啥问题,说明人家聪明。现在不是有句“热闹的大街不长草,聪明的脑袋不长毛”嘛,就是从媒人嘴里来的。如果女方长得困难，媒人会说，丑妻家中宝嘛。娶这样的媳妇，在家省心，出门放心，不会给你弄那种帽子戴……因此说，要想娶媳妇，得先把媒人打发如意了。媒人乐意说和了，死蛤蟆都能说得蹦三蹦。

女方是后山的张家，闺女叫槐花。王富有跟着一个木匠学手艺，曾到她家做过家具。两个人也算打过照面。张槐花的爹娘不同意这门亲事，王家穷不说，五六个男孩，还不跟狼一样？再富裕的家庭，也能吃穷呀。张槐花对王富有有一点好感，认为他老实、勤快。媒人从中一撺掇，张槐花的爹娘也就答应了，中不中先相相。即便之前见过面，相亲这道手续必须有。

相亲的日子定下了。媒人传话说，女方家要来二十多口人。除了槐花的爹娘、哥嫂、兄妹外，还有她的舅舅、姑父、表哥、表嫂，等等，反正是八竿子打得着的亲戚都要来。

王家一下子傻了。一般女方家相亲都是来四个人，加上媒人和男方，恰好一桌酒席，张罗一条“相亲鱼”就够了。如今来这么多人，最少四桌，得四条“相亲鱼”！靠山屯要是有条河也好办，去河里逮就是，关键是这里没水，哪来的鱼？要吃鱼得去集市上买。家里穷，再困难，东挪西借，买一条还不成问题，一下子要买四条，这不要人的命吗？那时候，买一条鱼跟现在买一条金项链差不多。集市也有小鱼，但小鱼能上桌吗？

显然，女方是有意为难王家，想借此黄了婚事。

王富有的爷爷叹气，奶奶哭泣，爹和娘也不住地抹眼泪。几个兄弟倒无所谓，反正又不是他们娶媳妇。王富有思来想去，有了主意，安慰家人，说他能搞到鱼，一切包在他身上。

看他说得有板有眼，家里人这才半信半疑，忙着准备相亲的其他工作，打扫一下家里的卫生啊，采购一些水果糖啊，等等。

相亲的日子终于到了。

一番寒暄之后，宴席开始。一道道菜肴上桌了，无非是炒鸡蛋、小葱拌豆腐、韭菜拌粉条……女方的客人一边吃一边眼巴巴地等着最后一道菜——“相亲鱼”。盘子终于端上来了，是鱼不假，不过是木头刻的！刻得太惟妙惟肖、活灵活现。如果调上颜色的话，冷不丁一看，真看不出是假的。

这鱼是王富有刻的。是他熬了两个夜晚刻成的。

这不是笑话吗？宴席不欢而散。

张槐花却死心塌地、寻死觅活非要嫁给王富有。

娘说：“闺女，你傻啊？嫁汉嫁汉，穿衣吃饭。他们家穷成这样，连一条‘相亲鱼’都弄不来，你还要嫁过去，图的啥？”

爹长长叹了口气，无话。

槐花说：“娘，我就是因为这些木鱼才嫁给王富有的。”

爹忍不住说道：“闺女，这些木鱼好看是好看，可是不当吃不当喝的，有啥用？”

槐花说：“爹，娘，老话讲，穷没根，富没苗。王家今天穷，以后还穷？家有万贯，不如一技在身。富有有这个手艺，将来还愁吃喝？”

“……”娘张了张嘴，想不出反驳的话来。

听了槐花的话，爹眼睛一亮，像是熄灭的火苗给点燃上了，说：“槐花，就依你一回。将来后悔了，不能说老的没劝你。”

当家的都这么说了，娘也无话可说。

没过多长时间，张槐花就嫁了过来。

后来，在槐花的帮衬下，王富有凭借他的勤奋和智慧，木雕手艺越来越精湛，很快远近闻名，富甲一方，像他的名字一样富得流油。

靠山屯再有人家相亲时，即便能买得起鱼的人家，也来请王富有刻一条木鱼来代替，提醒一对新人，只有勤恳持家，家庭才能兴旺发达，而且木鱼能够代代传承下去，不但寓意年年有余（鱼），还有长长久久之意。

· 我是狗蛋

不知什么时候太阳爬到了半空中，毫不吝啬地挥洒着光和热，到处透亮透亮的，空气也比往日干净、清爽了许多，紧绷了一冬的天和地也都有了暖意。小区门口，不时有老人提笼架鸟，或牵着孙子孙女出来。老人的脸上泛着醉人的笑意。小朋友们像小鸟出笼似的，欢呼着、跳跃着，一脸的阳光……

幸福站在保安室门口，看着这一切，心里莫名地感动着，想到了一个词：真好！

忽然，幸福看到一个老人从远处走过来。老人五十多岁，东张西望，走走停停，他要干什么？幸福心里不由得一紧。大前年，三个犯罪嫌疑人扮作父子三人，扬言来找忘恩负义的女儿，若不是业主及时赶回来，差点破了人家的门。有了上次的经验教训，幸福不得不提高警惕。

等到老人走到近前，幸福攥紧手里的警棍，主动上前打招呼：“大叔，您找人啊？”

老人上下看了看幸福，半天才吐口：“我找儿子。”

幸福忙问：“大叔，您儿子叫什么？”

老人说："狗蛋。"

"大名？"幸福忍不住想笑。

老人茫然地瞅着幸福，好像不明白他的意思。

幸福又问："大叔，您家是哪里的？"

"我找狗蛋。"老人又是这句话。

幸福通过察言观色，肯定了自己的判断，老人有智障，是个精神失常的人。于是，拿出手机，悄悄拨打了"110"。

五分钟不到，"110"来了。一个警察走到老人跟前，熟络地叫道："爸，我是狗蛋，咱们回家吧。"

老人点点头，跟着这位叫狗蛋的警察走了。

临走，狗蛋给了幸福一个电话，说他姓赵，负责这片社区，让幸福有事跟他联系。

过了半个月，那个老人又来了，神情还是痴呆呆的，半天来一句："我找狗蛋。"

幸福忙翻出赵警官的电话，打了过去。电话一通，幸福便邀功似的说道："赵警官，你爸爸在我这里呢……"

幸福没把话说完，赵警官就打断他的话，说："你认错人了吧？我爸爸住院了，我就在他老人家身边呢。"

什么？幸福又看了看电话号码，不错啊。他说："赵警官，我是某某小区的保安，上次你爸爸转悠到小区门口，我打了'110'，你才把他接走了，你小名不是叫狗蛋吗？"

"哦，对不起，对不起，保安同志，我是狗蛋，这就过去。"

嘿嘿，这个赵警官怎么回事？是不是脑子也有问题啊？放下电话，幸福犯了半天嘀咕。

不久,赵警官打的过来了。

赵警官一下车,对幸福抱歉地笑了笑,然后朝老人走过去:“爸,我是狗蛋……您怎么又跑出来了？等会儿我送您回去。”

接下来,从赵警官嘴里,幸福才知道老人并不是他的亲爸爸,他的小名也不叫狗蛋。老人的老伴去世得早,他跟独生儿子狗蛋相依为命。狗蛋的大名叫明明。明明长大后,当了警察。在一次抓捕几名犯罪嫌疑人时,明明寡不敌众,经过激烈的搏斗,最终被歹徒残忍地杀害……找不到明明,老人就精神失常了。后来,被送到了当地敬老院。老人在里面待不住,时常走出来,寻找他的儿子。

那个敬老院幸福知道,离小区不远,隔着两条街就到了。

赵警官说:“我跟明明是战友,他牺牲了,我就是老人的儿子。”

都是好人哪。幸福不住地点头,想表达自己的心情却不知道如何描述。

赵警官说:“我得赶紧把老人送回敬老院……我父亲今天住院了,正在抢救呢。”

等到赵警官走得没了踪影,幸福才想到,自己应该为他们做点什么,不免一时有点懊悔。

之后有一天,狗蛋的爸爸再次转悠到了小区门口。

幸福脸上堆着笑,迎着老人走过去:“大……爸,我是狗蛋。”说过之后,连幸福自己也吃了一惊。不过,他不后悔,相反,心里有了几丝豪气。

当幸福报出“狗蛋”的名字后,老人的神色由焦急变为惊喜,一把攥住了幸福的手,满脸的柔情蜜意。

圣诞老人

在上小学二年级的时候，圣诞节来临的前一天，记得那天是周五。王老师告诉来福他们一个秘密，说你们只要把心愿写在自己的本子上，圣诞老人晚上就会悄悄降临，给你们送礼物。

王老师是靠山屯小学唯一的一名老师，同时又是校长，除了教务，教一到三年级的全部课程。其实，包括来福在内，全校只有十四名学生。靠山屯的家长们普遍有一个观点，山里人嘛，生娃子，放羊，盖房，娶媳妇；生娃子，放羊，盖房，娶媳妇，如此循环往复。既然看清了人生的本来面目，读书有何用？那不是六个指头挠痒，多一道子吗。因此，娃子们该上学的时候，父母让他们到山上放羊，说这样直奔目的，更快一些。甚至有人嘲讽王老师，说你肚里墨水不少，不还是打一辈子光棍吗？

闻听王老师的秘密，来福心里跟夏天吃了冰棍似的得劲儿，他咬着笔杆，歪头想了半天才想出一个愿望，他希望圣诞老人满足他一个心愿，他想要一个文具盒，就是铁质的那种，长方形的，打开来看，盒盖的背面有乘法口诀表。当时，整个学校，没有一个学生有这种文具盒。还是来福的娘被人拐走那一年,来福随爹到县城寻找。折腾几天没找到娘,倒让来福见识了那种文具盒。他从城里回来后,在学校宣传了多天,同学们先是艳羡,后是失望。在他们看来,这种文具盒与他们无缘。

班里有八名学生要的都是文具盒,三名写的是书包,两名写的是围巾,一名写的是蝴蝶发卡。那天下午,他们把写好后的纸条悄悄放进自己的课本里,然后放学回家了。

等到周一,他们一个比一个来得早。几乎是奔跑着进了教室,第一件事就去瞅自己的书桌,发现书桌上的礼物后,他们欢呼起来,声音差点把房顶掀掉。一个个攥在手里、抱在怀里,怕别人抢去似的,翻来覆去地看,眼睛一个比一个亮。

到上课的时候,王老师说,有一点,你们必须好好学习,否则,圣诞老人会收回他的礼物,而且,第二年不再送。

听说上学的孩子能够得到圣诞老人的礼物,村里不少放羊的孩子缠着大人来学校报了名。

本来来福是很顽皮的,上课不好好学习,成绩排名在整个学校稳居倒数第一名。听了王老师的话,他开始把学习当回事了。除了在学校,回到家里也是手不离书,烧火的时候、放羊的时候、去厕所的时候、吃饭的时候,等等,好像书里有天大的秘密吸引着他。到了期中考试,居然往前进了六个名次。其他学生的成绩也有不同程度的提高。

不论从入学率,还是学习成绩,靠山屯在全乡名列前茅。镇里的领导说,靠山屯小学今年放了个响屁。

来年的圣诞节前夕,那一天刚好又是周五,王老师说了同样的话,圣诞老人要在平安夜送礼物。

来福希望圣诞老人能把他爹变成孙悟空,爹有了三头六臂,会分身术，这样子就不用太辛苦了，可以在家照顾他，可以找到娘，还可以到外地打工。于是，来福就悄悄把自己的心愿写在本子，没有让其他同学知道。他的心愿太大了，怕同学们嘲笑他，说他贪心。

圣诞老人能把他爹变成孙悟空吗？圣诞老人什么样子？是不是跟王老师一样个头如他家的板凳一样高，腰弯得像一张弓，满头像落了雪的头发？当天晚上，来福悄悄来到学校，潜伏在窗外，希望一睹圣诞老人的尊容。

夜深了。来福终于听到了咚咚咚的脚步声。随着这脚步声，来福的心也怦怦地跳起来。吱呀一声门开了。来福从窗下探出头来，循着手电筒的光芒，他依稀看到走进教室的是王老师！只见王老师挨个翻看同学们的本子，走到他的课桌前时，王老师站了好半天，末了长长地叹息一声。

过了两天，除了来福，同学们都收到了礼物，文具盒、帽子、钢笔之类的学习用品。来福心里清楚，没有圣诞老人，是王老师在装神弄鬼。他也说不清为什么，他没把这个秘密告诉同学们。

王老师没有忘记来福，他把来福叫到了办公室，好一番长谈。大致意思是说，圣诞老人不能把来福的父亲变成孙悟空，只有来福好好学习，说不定将来就能变成孙悟空，能减轻父亲的负担，让这个家庭富裕起来，自己也能走出大山，看看外面的世界有多精彩。

来福没有说话，只是不停地点着头。

后来，来福考上了本省的一所名牌大学。再后来，他到一家公司打工，直到自己成为总经理。

来福自己出资30万元新建了靠山屯小学，聘请五名大学生来学校当老师。

年年的圣诞节，靠山屯的学生都能收到一份礼物。那时，王老师已经退休，住进了乡敬老院。他得意地对来看望他的乡亲们，还有学生们说，这下你们不会怀疑是我干的了吧，是圣诞老人。

大伙儿笑了笑，那样子像是默认了王老师的话。

白马寺

我去白马寺源于伺候住院的父亲。

父亲住院半个月了，我们兄弟三个轮流侍奉。每人五天，我排最后一轮。这五天对我来说，用度日如年来形容毫不为过，吃不好，休息根本谈不上，父亲一会儿要这一会儿要那，一会儿渴了一会儿尿了，弄得我烦不胜烦。譬如说，他要喝玉米粥，等到买来玉米粥，他却说要喝豆浆。譬如说，父亲说要大便，他不能起床，需要在床上完成。父亲使不上一点劲，我折腾了半天把便盆塞到他屁股下面。等了有几分钟，不见一点动静，他却说，我不想解了。类似的事情，一天要上演好多次。有时，我忍不住发脾气，说难听话。从他眼神里看出他不但不生气，反而偷着乐。因此，这一轮一结束我就对两个弟弟说，我要去白马寺。

两个弟弟都愣住了，意思是说，父亲卧病在床你还有心出去啊。

趁他们话没出口，我抢先说道，我去白马寺上上香，父亲的病兴许会好起来。听说，白马寺很灵的。

这话说得冠冕堂皇。两个兄弟你看看我，我看看你，不知道该如何作答。

我说，你们两个轮流伺候，我多出点钱。

老二兄弟自身条件不是很好，点了点头。

老三兄弟迟疑了一下，也答应了。

为了让他们放心，先把钱打给了他们，包括父亲住院的钱，我也打得足足的。然后，我就开车去了洛阳白马寺。

在白马寺逗留了将近半个月，我终于把白马寺的来龙去脉弄清楚了：白马寺创建于东汉永平十一年（公元68年），是佛教传入中国后兴建的第一座官办寺院，有中国佛教的“祖庭”和“释源”之称，是中国第一古刹，距今已有1900多年的历史。现存的遗址古迹为元、明、清时所留。寺内保存了大量元代造像，如三世佛、二天将、十八罗汉等。

这期间，为了清净，我把手机也关了。

待我返回来后，父亲已经躺在骨灰盒里了。老二兄弟说，你走的第二天，父亲就咽气了。联系不上你，等了几天，阴阳先生说不能再等了，就把事儿办了。

我没有过度的悲伤，心里反而松了一口气，嘴上说道，走了好，他老人家不受罪了。

当时，母亲也在场。她诧异地看了我一眼，似乎我不该说这样的话。

我说的是实话，父亲躺在床上，身上插满了各种管子，任凭人摆布，没有了一点尊严。他自己也说，不用给我治了，让我走吧，太难受了。

这些日子你去哪儿了？母亲哀怨地看我一眼。

我、我去白马寺上香了，求佛祖保佑父亲长命百岁。我振振有词地回答。我说的是事实，有什么好心虚的。

母亲幽幽地说，你父亲没有出过远门，唯一去过的就是白马寺。

我愣了一下，说，父亲啥时候去旅游的，我咋不知道。

母亲叹了口气,接下来给我讲述父亲去白马寺的经历。

我四岁那年,到山上玩耍,不小心跌落到一山泉里,我的胳膊骨折了。当地的一个土医生治不了,建议去白马寺,说那里的正骨医院全国有名,医术有保证,不会给孩子留下后遗症。父亲没有一点犹豫,带上干粮,背上我就走。当时,不通公共汽车,火车更是不便。父亲就背上我顺着公路走。有过路的货车了,他就站在路中央拦,遇到好心的司机,让我们爬上车厢,捎上一段;有的不愿捎,还送给父亲一句话:咋不轧死你!

母亲说,走了一天一夜,你们才到医院。到了医院,你父亲一下子晕倒了。

父亲怎么啦?

母亲说,一天一夜没吃东西,背着你,也不知道走了多少路,是头骡子也该累趴下喽。

我的鼻子酸酸的,有种想哭的感觉。

母亲说,白天他在医院照顾你,晚上给医院打扫卫生,挣钱给你交药费,给你炖骨头汤喝……你们从白马寺回来时,你养得白白胖胖,他瘦得脱了相,我差一点没认出来。

我眼里汪着泪。

母亲说,这次他住院,没少难为你们,为啥?就是让你们恨他,断了念想!

娘,您别说了!我眼里的泪终于滚落下来。

第二天,我就带上父亲的骨灰盒去了白马寺。

母亲说,父亲在那里一个多月,却没进寺里看过。

我要带上父亲好好逛一逛白马寺。

拯 救

汶川地震后，看到那么多人捐钱捐物，张槐跟妻子一商量，把家里仅有的500多元全给捐了。这500多元，最大的面值20元，最小的是1元的硬币，都是他一点一滴挣来的，说句良心话，每一张上面都沾有他的汗水。他是一个捡破烂的，家里有个瘫痪在床的妻子，平时攒点钱都给妻子看病买药了。张槐觉得500多元太少了，想再捐点衣物，可是家里多年也没添置衣服了，大多是左邻右舍给他们的过时的衣服，眼下他身上穿的上衣还是一次从垃圾桶捡来的呢。再为这次灾难干点什么心里才踏实呢？

看到街头临时成立的献血点，张槐眼睛一亮，心说我别的没有，我身上有血啊。他没再犹豫，也没回去跟妻子商量，就走上前排在长长的队伍后面。想一想，张槐感觉挺自豪的，他的血不是A型，也不是B型，也不是O型，属于RH阴性血，非常稀有的血型，因为极其罕见，被称为“熊猫血”。呵呵，熊猫血型，有这种血型的人极少极少。又想，不对，早上起来没有吃早饭，血的质量肯定不好。想到这里，张槐就从队伍里撤出来，转身跑到附近的商店买了一包牛奶、一根火腿肠、一个鸡蛋、一个面包，然后蹲在一边吃起来。也许是饿了，也许是献血心切。他狼吞虎咽，三下五除二就解决了问题。等到所有东西下了肚，他咂吧了两下嘴，后悔自己吃得太快了，连哪种东西什么味道也没认真品出来——火腿肠是第一次吃，牛奶是第一次喝，面包是第一次吃，平时有好心人送，他都尽着妻子一个人吃了……咳，算了，还是赶紧献血吧。

等到了跟前，张槐挽起袖子，没等医护人员问他，他就大声说道："我是RH阴性血！"医护人员啲了一声，笑着说："熊猫血！"周围的人都用惊讶、羡慕的眼光看着张槐。那一刻，张槐感到很骄傲、很光荣。医护人员问他："大叔，献多少？"张槐问道："随便抽吧，我身体棒着哩。"说罢，他用一只手使劲捶打了自己的胸脯几下。

围观的人都善意地笑了。医护人员解释道："大叔，一次可以献200毫升、300毫升、400毫升，你选多少毫升的？"

张槐头一扬，豪气地说："当然是400毫升！"

在医护人员给他抽血的过程中，张槐问道："你们明天还能来吗？我还来献。"

医护人员告诉张槐，说这可不行，专业上有严格规定的，献一次血中间至少间隔六个月。

张槐就有点失望，叹道："那我就六个月后再献。"

等到医护人员给张槐抽完血，给了他一袋牛奶和一个面包，让他补充一下营养。张槐接过来，没舍得吃，装到口袋里给妻子捎回去了。

半个月后的一天，张槐背着个编织袋在街上转悠。他的两眼紧紧盯着地面，不放过任何一个角落。看到一个矿泉水瓶他就赶紧捡起来，若是里面的水没有喝完，他就旋开盖子，仰脸倒进口中……

忽然，一个小女孩的气球滚到马路中间，她跑过去捡，没提防一个小汽车飞奔而来,眼看着就要撞上小女孩,张槐一个箭步冲过去,把小女孩推到一边。尽管司机紧急刹车,还是撞上了张槐。张槐昏倒了,一条腿鲜血直流!

随后,张槐被紧急送到医院,经过医生诊断,张槐的大腿骨折。由于失血偏多,急需血液。得知他是RH阴性血,在场的医生护士都大惊失色,因为这种血液非常少见,平时血库里面几乎没有。

所幸的是,血库中心反馈过来信息,血库只有一袋400毫升的RH阴性血,是半个月前一个志愿者献的。

就是这一袋血浆,挽回了张槐的生命。在张槐住院期间,当地群众知道张槐英勇救人的壮举,纷纷到医院探望他,给他送钱、送水果、送鲜花……有一家企业的老板当场许诺,等张槐出院后,聘请张槐到他的企业当门卫。弄得张槐眼泪哗哗的,都不知道说什么好。

张槐的伤好后,他没有去那家公司上班,他的腿有点残疾,说当门卫不合适,还是收废品自由自在、无拘无束。

此后每半年张槐都要献一次血。他对妻子说:"看似献血拯救他人,说不定最后救的就是自己!"

· 犯神经

我住的小区前面有个广场，是市民休闲、健身的地方，有下棋的、聊天的、练剑的、耍拳的，还有跳广场舞的。晚上和周末的时候，更热闹一些。

不知道是哪一天，我到广场散步的时候，无意间看到张大伯一个人在打扫着广场的卫生。张大伯跟我住一个单元，我认得他。只是见面熟，没有什么交往。刚开始，我以为他是环卫工人，负责着这片区域的卫生。

就在前些日子，我忽然间发现，张大伯老得不成样子了，脸皱得像山核桃的皮，头顶已经稀疏了，仅有的几根头发也成了银丝，抖抖颤颤的，随时都有可能被风刮走似的，腰弯得像一张弓，若不是扶着扫把，怕是要站立不稳，摔到地上……看样子，他的年龄少说也有七十岁。当时我心里直纳闷，他怎么还不退休呢？难道他们单位招不来人，还是老人为挣工资不愿意退休呢？我们单位有一个副局长，早到站了，一直不走，惹得一圈人不待见。为什么？不就是为了那点福利待遇吗?！难道说张大伯家里生活困难，舍不得那点工资？

也巧，那天我回来时在小区门口见到了张大娘，她是张大伯的老伴。我就把心中的疑问说了出来。没想到，张大娘气呼呼地说，狗屁环卫工人，他犯神经！我想进一步问话，张大娘蹒跚着走了。

我想，人老了，可能有点痴呆吧。常言说，老小孩，老小孩，人老了就跟小孩子一样，有时会胡闹一下。回到家里，我跟妻子说起此事。妻子说，张大伯原来在钢厂上班，现在已经退休。他扫好多年了，没退休就已经开始扫了。

没退休就开始了？是有好多年了。我说。

妻子说，原来有专人打扫，他去了后，人家就撤走了。听说因为这个，张大娘跟大伯闹了一阵子呢。

我愣了一下。

妻子说，原来那个环卫工人是个女的，张大娘怀疑张大伯跟人家有扯不清的关系，吃醋了。

是同学关系还是情人关系，我感觉这里面有故事。

哪有的事？人家那个女的根本不认识张大伯，妻子翻我一眼。

是他一厢情愿？我也给弄迷糊了。

妻子瞪了我一下，说别瞎想了……不是那方面的事儿。家人怀疑张大伯的脑子有问题，让他去医院瞧瞧，他又不去。

我说，市政部门给他开不开工资？

妻子说，他自愿打扫的，谁给他？后来，主管单位过意不去，要给他报酬，他不要。

真是犯神经。我自言自语了一句。

妻子说，张大伯的家人都反对他去扫，但他坚持要扫，没办法，只当他是锻炼身体，也不阻拦他了。

再到广场去的时候，我留意到不少人对张大伯指指戳戳的，有鄙视，有同情，也有可怜。唉，一个人糊涂到这份上，难怪别人说他犯神经。不过，这种神经也好，又不危害他人和社会。

这天周六，我敲好一篇文章后，走出家门来到了广场。忽然间发现，扫地的不是张大伯，是张大娘。

这就奇了怪了！我装作随意地走过去，走到张大娘面前，跟她打了个照面："大娘，您好！"

张大娘似乎知道我要说什么，叹口气，有点歉疚地说："我错怪你大伯了，他不是犯神经……"

盯着张大娘，我鼓励她说下去。

接下来，就是张大娘讲的故事。

1944 年 5 月，麦子黄梢的时候，小日本来了，霸占了这个城市。这天他（指张大伯）随父亲偷偷回到家中。天擦黑的时候，看到街对面日本兵开来两辆汽车，车上都是五花大绑、白布蒙眼的中国人。他不顾父亲的反对，爬到自家房脊上偷看。两个日本人对一个中国人，用刺刀一前一后地戳，用这种方式把车上的几十个人都戳死了。最后日本人挖了一个大坑，把尸体都掩埋掉了。他从房脊上溜下来，才发现自己已经吓得尿了一裤子，腿都软了。他一直忘不了那一幕惨景，中华人民共和国成立后，他曾经向有关部门反映情况，建议为死难同胞立个纪念碑，因为遇难者的身份难以落实等诸多原因，愿望一直未能实现。一想起当时的画面，他就忍不住泪流满面。后来，为了缓解心中的悲伤，他开始打扫当年埋葬遇难者的地方。表面上看他是在打扫卫生，其实是在扫墓啊。每到清明节，他还偷偷地烧纸祭奠。由于不知道是共产党还是国民党，自己不敢公开祭奠，害怕政治上遇到麻烦。直到 2015 年 9 月

3日胜利阅兵日,看到国共的抗日英雄都坐在了一起,他才彻底解开了心中的顾虑,把实情说了出来。

“张大伯呢,他老人家今天怎么没来?”不知道为什么,一时间我心里发堵。

张大娘说:“他的腰病犯了,不能来了,我就替他来了。”

回到家,我查阅了相关资料,知道广场这里确实是日本人当年大屠杀的现场。我把前因后果给妻子讲了一遍,她沉默了半天,说:“大娘也是六七十岁的人了……明天清明节,我去帮她打扫……扫墓吧?”

我长出了一口气,算是答应了妻子。

第二天,我到超市买了一兜水果去看望张大伯。张大伯住在十二楼,客厅正对着广场。我扶着他站在窗口,看到有十多个人都在静静地扫着地;广场中央摆满了鲜花,一些人垂着头围着鲜花,在默默地祭奠那些死去的无名英雄。

我转头刚要对张大伯说点什么,发现他已经老泪纵横。

全家福

一家人体检后，亮子逐个看了看体检结果，征询了医生的建议，然后一脸轻松地对丽娟说："屁事没有，你就带上爸妈去海南旅游吧。"丽娟是亮子的妻子。

丽娟打了个怔，说："要旅游全家一起去，你不去怎么行？"

亮子说："我也很想去，可是，公司准备上市，放屁的工夫都没有，哪有时间啊？这样吧，你把我的照片做成手机屏保，照相时你举起手机不就成全家福了。"

"就你的鬼点子多！"丽娟扑哧一下笑了。

亮子说："我的鬼点子不多，你会嫁给我？"

说归说，笑归笑，丽娟嘟嘟囔囔的，似乎不愿意去。亮子好说歹说，她才答应下来。

其实，刚开始，父亲和母亲也不想去。亮子知道二老一辈子俭省惯了，是可惜那几个钱，就说："你们的年纪越来越大了，出去的机会越来越少了。去吧，满足儿子的一点孝心嘛。"当儿子的把话说到这个份儿上，做父母的不去就有点不明智了，况且是儿媳带他们出去，若是不去就会惹出家庭矛盾。

等到飞机窜出云海，爬上蓝天，丽娟的心也跟飞机下面的云彩一样翻滚不已：莫非是自己的乳腺增生变成了乳腺癌，没有几天活头了？自己平时对待公婆做得不是十分到位，难道是亮子想让自己在有限的日子里好好玩玩，同时也尽尽孝道，省得有亏欠，免得落下话柄？若真是这样，自己可得好好表现一下。

有了这个想法，丽娟表现得很是孝顺，嘘寒问暖，无微不至，比一个亲生女儿做得还到位。在飞机上那三个小时，一会儿问公公渴不渴，一会儿又问婆婆尿不尿。丽娟的嘴不停，手也不闲，一会儿拿水果，一会儿递点心……一时间，弄得两位老人有点受宠若惊，有点不适应。

父亲心里也不平静：去年检查说我的心脏有点钙化，难道说一直用药不见效果，今年又加重了？若不是，儿子为什么让媳妇带着自己和老伴出来旅游呢？特别是儿媳妇的举止让他证实了自己的想法。咳，自己跟老伴几十年，没让她享受过荣华富贵，倒遭了不少的罪，没少挨自己的骂，趁还活着，好好关心一下她吧。因此，尽管有儿媳妇在跟前，尽管有儿媳妇的悉心呵护，父亲对待老伴仍然关爱有加，比当年谈恋爱时还黏糊。

母亲想：俺这个老婆子一直贫血，吃啥都不见效，难道转化成了不治之症？要不然儿子为什么要他们出来旅游？老头子和儿媳妇为啥对自己这么好呢？肯定是，百分之百是。想到这里，母亲对待老头子和儿媳妇也客客气气的。世上七十多亿人，能够成为一家人不容易，应该珍惜这有限的日子。对，还得打起精神，不能让他们看出破绽。反正横竖都是死，何必给他们增加负担呢？玩就玩得开心一些。

一路上，一家三口人和和气气，少有的亲昵或者说是亲切。每到一个景点，丽娟都要拿出自己的手机，让游客帮忙给他们拍一张“全家福”。

半个月后，丽娟带着父亲和母亲回来了。

在火车站出站口，亮子来接他们了。看到亮子的那一刻，三个人都愣怔住了，亮子戴了个帽子，把自己的头包了个严严实实。

亮子笑了笑，解释说：“我赶时髦……剃了个光头。一时间不适应，就弄了个帽子。”

随后，亮子把他们接到一家饭店，说是为亲人们接风洗尘。

吃了几口菜，父亲吃不下去了，率先忍不住说道：“亮子，是不是我的心脏出问题了？”

亮子笑了，说：“爸，您想哪儿去了？”

母亲看了看老伴，问亮子：“亮子，是不是我？”

亮子摇了摇头。

丽娟看了看公公婆婆，又看了看亮子，迟疑了一下，说：“亮子，是我？”

亮子摘掉帽子，摸了摸自己的头，不以为然地说：“是我……胸部出了瘤子，手术很顺利，刚刚做了化疗！”

亮子的话音一落，其他三个人都放下筷子，上前抱着亮子呜呜哭起来。服务员及时用手机拍了下来放到了网上，美其名曰“全家福”，一时间引起了网友们晒全家福的热潮。丽娟看到后，就把自己在海南拍的“全家福”放了上去，讲述了照片背后的故事。没想到，他们的“全家福”被公认为“最美全家福”。

规 矩

兄弟两个每逢遇到争打不停的事情时，就比赛跑步。久而久之，这似乎成了规矩。在弟弟的印象当中，每次赛跑，哥哥总是跑不过他。

记得小时候，有一次临近年关，爹去镇上赶集置办年货，顺便买回一顶新帽子。哥儿俩高兴得不行，争抢着要戴。哥哥说，我是老大，帽子应该让我戴。弟弟说，我是小的，帽子应该归我。爹把帽子举起来，看看这个，瞧瞧那个，不知道该把帽子给谁。娘埋怨爹，说你要买买两个，买一个咋整呢？爹不自然地嘿嘿一笑，说割了肉，买了鞭炮，剩下的钱就只能买一顶帽子了。弟弟说让我和哥赛跑，谁跑得快，帽子就归谁戴。爹看了看哥哥，哥哥点头同意了。比赛路程就是村头到村尾，不足一千米的路。比赛开始后，哥儿俩都攒足了劲像两匹脱缰的野马撒腿就跑。两个人的体力差不多，几乎是一前一后，当然是哥哥在前，弟弟在后。弟弟急了，索性甩掉身上的棉袄，赤着上身跑起来……哥哥就在别人的惊呼声中一愣神的当口儿，弟弟超过了他。弟弟赢了，戴上了新帽子。

当哥儿俩长大的时候，日子依然好不到哪儿去，哥哥过了三十岁还没找到媳妇。爹急，娘也急，花光了家里所有的积蓄，最后托人从四川领回来一个女人。

按照爹和娘的意思，这个四川女人应该给哥哥当媳妇，弟弟还小，以后娶媳妇的概率比哥哥大。弟弟不干，非要娶这个女人，甚至给爹闹，给娘吵。弟弟说，我今年已经二十九岁了，再不结婚，一过三十就更不好找了。一时间，搞得家里乌烟瘴气，很不和谐。爹愁眉不展，不住地叹气。娘呢，想起来就掉眼泪，责怪自己没本事，让孩子跟着自己受委屈。

哥哥就建议，跟弟弟赛跑，谁跑得快谁娶了这个四川女人。

哥哥比自己大六岁，不一定就能跑过自己。弟弟想了想，很愉快地答应了。

既然是哥哥提议的，爹和娘也没啥好说的，再说，不管谁娶，都是他们的媳妇，索性任由两个孩子去折腾。

比赛地点还是村头到村尾。比赛一开始，弟弟就跑到了哥哥的前面。弟弟累得脸色苍白，上气不接下气……等到他跑到终点，累得泥一般瘫到地上，哥哥还落下了好大一截呢。

规矩是哥哥立下的，那就按规矩办吧。在一阵“百鸟朝凤”的唢呐声和噼里啪啦的鞭炮声中，弟弟当上了新郎官。哥哥跑前跑后地招呼客人，丝毫看不出他有什么不高兴。爹和娘这才都松了一口气，心里的愧疚减少了几分。

尽管后来的日子富裕了，因为年龄的缘故，哥哥也一直没找着媳妇。

大概是前年吧，娘得了肾衰竭，需要换肾。哥儿俩都很孝顺，争抢着给娘换肾。医生说，你们兄弟两个先别争，需要配型，只有配型合适才能换。

二十天后，配型结果出来了，哥哥和弟弟都可以给娘换肾。这下，两个人又争开了，都说是自己最合适的人选。

哥哥又建议，跟弟弟赛跑。

弟弟两眼一亮，说谁跑得快谁给娘换肾。他想，哥哥上了年纪，不一定就能跑过自己，再说，之前的成绩也在那儿摆着。

比赛场地还是村头到村尾。然而，出乎弟弟的预料，这一次他输了，而且输得很惨，尽管他累得上气不接下气，差点吐血，还是没撵上哥哥——哥哥从开始落在后面，当跑到三分之一的路程时超越了弟弟，一直跑到终点弟弟也没撵上他。

弟弟不甘心，还想跟哥哥争。哥哥狡黠一笑，说咱哥儿俩不能坏了规矩。

弟弟只能眼睁睁地看着哥哥进了病房。

病房外，四川女人，也就是弟弟的媳妇，忍不住告诉丈夫，说这段时间里，哥哥每天半夜都起来跑步！

弟弟瞪大眼睛瞅着自己的女人，恶狠狠地说，你为啥不早告诉我？你说啊？说罢挥拳要打她。一旁的爹拦住了他，说你知道吗，为了让你娶上媳妇，那一次赛跑，你哥哥是故意输给你的。

弟弟愣了一下，心里一热，隔着病房的玻璃对着哥哥忘情地叫了一声：哥！

哥哥朝弟弟潇洒地摆了摆手。

望着哥哥的笑脸，弟弟一下子泪流满面。

第三辑

朋友圈

朋友们真够意思，我每发一条微信或是转发一条微信，点赞的不计其数，评论的大有人在。嘘寒问暖，关怀备至，似乎甘愿为我赴汤蹈火、两肋插刀，上刀山下火海也在所不辞，好像我要天上的星星，他们都不敢去摘月亮；我若是要本·拉登的脑袋，耳朵拿来都不管用。

· 拜伙计神

伙计神，是黄河中下游特有的船只保护神。新船造成后，在下河之前，或请神，或神自来。上船时可见其形象，此后就不能再见其形影。伙计神可能是男也可能是女，可能是老也可能是少。不是每只船上都有伙计神，有伙计神的船叫“伙计船”。一旦伙计神上船，必与这条船共存始终，即使船只易主，也不影响伙计船的身份。伙计神上船，船上不设神位，每餐都要敬头碗饭，饭前高呼：“伙计们，吃饭啦！”吃饭时为其设碗筷，好像船上确有其人。每只新船下水前，船主就要置办一桌供食摆在伙计神面前，添上线香三炷、金银三墩、喜酒三杯。然后，船主带着船工、艄公拜四方请伙计，以求神灵保佑，之后，船才能放河航行。

康家靠船运发家，就专门打造了一条小木船，请了伙计神，供奉在船上，一来为了保佑康家的每只船平安无事，二来用这只船上陕西下山东运送银票或是传送一些重要的信息，从而可以躲避一些麻烦，如强盗。因为当地有“伙计船不招事”的说法，不找事也不惹事，河里的人都敬重伙计船，没有人敢冒犯神灵自找麻烦。据传说，以河养生的黑道人，就是夜晚也不敢踏上伙计船半步的。

那是一个伸手不见五指的夜晚，康家的外科医生要到黄河北岸去，那里刚刚遭受了一股土匪的肆虐，康百万猜测，受伤的老百姓肯定不少，于是便指示外科医生前去诊治。为了不出意外，康百万让外科医生搭乘康家的伙计船。

康家的伙计船刚从洛河摇进黄河，后边就响起一阵噼里啪啦打枪的声音，只听有人高声叫道："老乡，赶快靠岸，我们要过河……"

船工老康忙高声回应："俺这是康家的伙计船，不载客人的。"

当时，曾流传这么一首民谣：王母娘娘造仙船，鲁班倒坐桅杆前，既渡女来又渡男，头船渡的孟姜女，二船渡的康百万……从这首民谣可以看出，康家在当地的影响。船工老康自报家门，"一语双关"。

岸上的人不耐烦地嚷道："管他什么糠家米家，把伙计神扔到河里去，我们上船过河……快快靠岸，不然我们就开枪了。"

又是土匪！且是不懂得规矩的土匪！

怎么办？老康慌了。离岸边只有两米不到，如果土匪开枪，伙计船难逃一劫。是福不是祸，是祸躲不过。老康没办法，只好把船慢慢摇向岸边。

两个歹徒上船后，贼眉鼠眼地四下搜寻，说要找康家的医生，让他去给弟兄们看病。两人来到后舱，只见后舱里端坐着一尊神像，神像手里提一柄大刀，怒目圆睁，高大威武。其中一个歹徒下意识地打了个冷战，忙扭头就走："走，没人。"

待两名歹徒下船后，那个"神像"忙对老康说，康师傅，事不宜迟，赶快把我送过对岸去，那里的老乡正在忍受着疼痛之苦啊——原来这个"神像"是化了装的外科医生。

好！老康不顾滔滔河水，奋力摇船。伙计船像箭一样射向茫茫黑夜，转眼间便不见了踪影。

当时，正是土匪活动猖獗期间，康百万怕出事，事先让外科医生装扮成“神像”的。

事后，大相公诚惶诚恐地问康百万，老掌柜，您咋能让外科医生扮成神呢？老天爷，要是神灵怪罪下来不保护我们咋办？

康百万呵呵一笑，说，别傻了，老百姓才是我们的保护神啊。你想想，没有老百姓，能有康家的兴旺发达？没有他们，康家人纵有三头六臂，也照管不过来那么多生意；没有他们，康家人即使再聪明，生意又做给谁去？

大相公恍然大悟，说，老掌柜，我算明白了，人有善愿，天必佑之。康家之所以富裕几百年，是时时处处以老百姓为本……老掌柜，您真是一个大好人啊。

康百万说，看圣贤千言万语，无非教人做个好人。人都说做好人难，叫我说很容易。

大相公说，老掌柜，怎样才能做个好人？

康百万说，不做不好人，便是好人。

大玩家

提到徐达，小城收藏界的同行都会说，人家徐达嘛，大玩家。听那口气，绝对没有羡慕的意思，明显带着嘲讽的意味。

别人玩收藏都是专注一个领域，或玉石，或字画，或瓷器，或织绣，等等，徐达什么都偏爱。城南有个古玩市场，徐达去溜达了两趟后，开始往乡下跑，专去那些交通不便的偏远的山村。他说，越是这些地方，越有货真价实的东西。按说，他的思路不错。他三天两头往乡下跑，昨天去收一个瓷碗，今天去收一个烟袋。其实，他都看走眼了，收回来的全是假货，没有一样真货色。他还不听劝告，固执己见，乐此不疲。也就难怪同行们耻笑他了，说“大玩家”那是高看他，私下都叫他“棒槌”。

徐达原是搞建筑的，说得更直白一点，开发房地产的。过了六十岁生日，他就把公司交给儿子徐全打理，转行到收藏上来了。他这些年赚了不少钱，可能想搞投资哩。熟悉徐达的人，包括他的家人也都这么认为。

走眼一次可以理解，连续走眼就有点不正常了。有人告诉他儿子徐全。徐全满不在乎，说老爷子有事做，精神足足的，爱咋咋吧。

这天是个星期天。徐达打算到靠山屯去一趟。靠山屯是全省有名的贫困村。牛犇提出跟他一起去,到靠山屯看看景致,潜台词是去给徐达掌眼。牛犇是徐达在收藏界认识的朋友,搞收藏多年,是个行家。徐达不忍拂了人家的一番美意,就答应了。于是,两个人开一辆车出发了。到了镇里,因为道路不通,两个人就步行十几里到了靠山屯。

像是鬼子进村似的,他们挨户挨门去看。徐达不是直截了当问人家家里有没有古董,而是问人家家里几口人,一年打多少粮食,顺便这里瞅瞅,那里瞧瞧,仿佛乡镇干部下乡访贫问苦似的。对待这一点,牛犇挺佩服徐达的,干这行忌讳直奔主题。

他们走进了老栓家。老栓住的还是祖辈留下的两孔土窑洞,前脸用石头砌了一下。院子里搭了个草棚子,垒着一个黑乎乎的灶台。家里弥漫着一股浓重的中草药的味道。不时从窑洞里传来一个女人的咳嗽声。

来了客人,老栓激动得不行,忙用袖子把院子里的石凳子胡乱抹几下,然后抓把柴草要给两人炖鸡蛋茶。徐达忙拦住了,他知道,两个鸡蛋说不定就是这一家人两天的开销。老栓便进屋捧了一捧核桃出来,滚满石桌子,让他们砸着吃。

通过交谈,徐达得知老栓的老伴卧病在床,常年吃药,闺女在郑州上大学,一家人靠低保维持生计。

牛犇叹了口气,看了徐达一眼,从自己口袋里掏出两张百元的票子给老栓。老栓慌乱地摆着双手,说什么也不要。

“你以为你是乡长?”徐达开玩笑地对牛犇说,“杯水车薪,有何用?”

牛犇说:“勿以恶小而为之,勿以善小而不为。”

老栓不知道两个人嘀咕的什么,搓着两手嘿嘿直笑。

徐达的眼睛像探照灯似的，这里瞅瞅，那里看看。他看到墙角放着一块光溜溜的鹅卵石，便走上前，先是用手扫了一下表面的灰尘，然后找块破布认真擦了擦，左瞧瞧，右看看，像是遇到了宝贝。

“一块腌酸菜的破石头，有啥看头？”老栓都不好意思了。

“玉石啊。”徐达像是说给老栓听，也像是自言自语。

牛犇忙走过去，看了石头一眼，便对徐达使了个眼色，意思是说你看走眼了。

徐达不理会牛犇的好意，对老栓说：“老乡，这块石头您能匀给我吗？”

真的是玉石？老栓不敢相信徐达的话，但他看出徐达想要这块石头，便说：“呵呵，您想要就拿走吧。”

“一刀穷，一刀富，一刀穿麻布。”牛犇自言自语道。他是在暗示徐达，事关重大，不能草率。

徐达也知道牛犇的意思，还了一嘴：“神仙难断寸玉呢，何况你又不是神仙？”

真是好心当成驴肝肺，牛犇气得真想踢徐达两脚。

徐达对老栓说：“这件玩意儿我拿了。十万元。”

“这，这……”老栓不知道如何是好。

“嫌少？”徐达问道。

老栓忙说：“一块石头，不值那个价，不值那个价……”

徐达抱起石头走了，丢给老栓一张十万元的支票。

等到老栓回过神来，两个人已经翻过了山岭。

牛犇忍不住说道：“徐总，你交的学费还少吗？明明就是块破石头，你怎么跟捡了漏似的？玉石因硬度低，敲击时声低沉，有若击木……”

“我知道，这就是块普普通通的石头。”徐达说罢，把怀里的石头扔了,眼看着它咕噜噜滚到了山下。

牛犇被滚落的石头惊醒了！他这才明白,真正看走眼的是自己。

回城后,牛犇忍不住嚷嚷了出去,当地媒体要推选徐达为年度十大慈善家之一。徐达谢绝了,他说:“我是收藏家,不是慈善家。”

徐全也赞成老爷子的观点,说:“我爸是收藏家,不过,老是看走眼,没办法。”

对于徐全的说法,牛犇又不明白了,说:“既然是收藏,也得弄两件真家伙啊？”

“老爷子若收来的都是真品，我，还有家人晚上还能睡个安稳觉吗？”徐全淡淡一笑。

知父莫若子。看来此话不假啊,牛犇彻底服了。

从此,提到徐达,收藏界的同行都会由衷地说,人家徐达,那是大玩家。听那口气,满是钦佩、满是敬仰。

·朋友圈

朋友们真够意思，我每发一条微信或是转发一条微信，点赞的不计其数，评论的大有人在。嘘寒问暖，关怀备至，似乎甘愿为我赴汤蹈火、两肋插刀，上刀山下火海也在所不辞，好像我要天上的星星，他们都不敢去摘月亮；我若是要本·拉登的脑袋，耳朵拿来都不管用。

每天早上，我睁开眼睛打开手机，问好的微信是一条接一条："早上好！我的亲哥！""昨晚又做了好梦吧？愿你美梦成真！"……每到节假日，祝福语更是铺天盖地，热火朝天，弄得我眼花缭乱，无暇顾及，看都看不过来；一会儿一杯茶水，一会儿一杯咖啡，一会儿一朵玫瑰，一会儿一块西瓜，当然啦，红红的嘴唇也是少不了的，虽然都是虚拟的，画饼不能充饥，但还是常常感动得我泪流满面、哽咽难语。后来，有微信红包了，朋友们也没少出血，该出手时就出手，尽管都是一分二分的钢镚儿，我还是很知足的，中国有句老话不是叫"礼轻情意重"吗？不是还有句话叫作"窥一斑可见全豹"吗？有那份心意我就很知足了。

微信真好！朋友圈真好！

我这人有点小气，主要还是钱包老是瘪着，想大方大方不起来。有头发谁会装秃子，是不是？人生就像舞台，不到谢幕，你永远不知道有多精彩。这话真精辟！双“11”到了，担心有朋友跟我借钱。这年头，不能谈钱，谈钱就伤感情。借吧，就那三核桃俩枣，借出去时是爷收回来时成了孙子；不借吧，把人得罪了。于是先下手为强，发了一条微信：最近手头有点紧，哪个能帮帮忙？

我相信，这一条微信发去，红包会一个接一个，账号上的钱也会不断递增。您知道，我的初衷不是缺钱。所以，我决定，红包拒收，账号上的钱会如数返回！我的目的很明确，就是害怕他们张口借钱。

往常，我的手机会不断发出微信的提示音，嘟嘟嘟，像蛐蛐叫，好听极了。今天倒好，哑巴了似的，一点声音也没有。我不断地翻看着手机，什么也没有，没有人点赞，没有人评论。难道是他们没看到？我便不停地去刷朋友圈，给他们点赞，偶尔也评论几句，为的是引起他们的关注。

一秒钟过去了，一分钟过去了，一个小时过去了，一个上午过去了……我眼巴巴地等了一天，等到晚上12点，还是没有一个人点赞，没有人跟帖。当然，微信红包是一个也没有，转账汇款的信息也是一条也没有。

手机出问题了？我的旧手机还在，功能还都齐全，我慌忙换上卡试了试，外甥给舅提灯笼，照旧（舅），便关灯睡觉了。可是，手机静悄悄的，一点声音都没有。晚上，我失眠了，从一只羊数到了九万九千九百九十九只羊也睡不着。

记得一个侯姓的作家说过，一个诚实的敌人并不可怕，可怕的是一个虚伪的朋友。他还说过，有时候美好的表面下，隐藏的却是丑陋和险恶。他的话不敢去想，想起来都可怕。这年头，不能谈钱，谈钱真的就伤感情。

第二天早上，忽然收到一笔2000元的转款信息。我定睛细看，不错，是2000元。谢天谢地！阿弥陀佛！我悬着的心终于放进了肚里，毕竟还是有真心实意的朋友的嘛！谁说的“这年头不能谈钱，谈钱就伤感情”？全都是放屁！朋友不在多，一个就够了！人生得一知己足矣，朋友也一样。

话题还得绕回来，谁给转的款呢？“花心大萝卜？”“没有人比我更爱你？”“我是真心对你好的人？”“想你想到骨头里？”“你是我的心肝肝？”……我思来想去，都像，又都不像。

这时，忽然一个叫“祝你平安”的人发来一条微信：给你转了2000元，不够了再联系。

“祝你平安”是谁啊？我翻开聊天信息，却没有一条与他（她）聊天的内容。说实话，“祝你平安”是男是女不知道，是罗锅还是鸡胸不清楚，更别说其他信息了。

我没办法，只好打出一行字：您好，幸福上班没有带手机，我是他老婆，请问您是谁啊？

幸福是我的小名。

“祝你平安”：傻孩子，我是幸福他妈。

我半天没有回复一个字，眼泪哗哗的，抱着手机呜呜哭起来。

傻老板

“傻老板”并不姓“傻”，姓张，最初人们称呼他张老板。

张老板在城乡接合部那里开了一家“东北饺子馆”，至于他本人是不是东北人不得而知。饺子馆不大，两间门面房，一个厨师，两个服务员。他呢，厨师忙时就帮厨师，服务员忙时就帮服务员，身兼数职。饺子馆主营饺子，兼营其他一些下酒菜。饺子有韭菜鸡蛋馅的，有羊肉芹菜馅的，有猪肉白菜馅的，等等，十多个品种。城市正在往郊区扩展，因此，城乡接合部那一带先后进驻了几家建筑公司。再加上饺子风味独特，价格适中，很受打工者的欢迎。张老板这人长着一副憨厚相，弥勒佛似的，见人就点头哈腰。他不像有的生意人那样奸猾，大大咧咧的，10元钱以下的零钱一律免了，从不给顾客结算。可想而知，几个因素加在一起，使得饺子馆的生意相当火爆。到了吃饭时候，去得晚一会儿不是没座了，就是没馅了……

这天晚上，在饺子馆即将要关门的时候，忽然来了十几个民工。张老板认识他们，他们在诚信建筑公司打工，经常来他这里吃饺子。

张老板抱歉地笑了笑：“不好意思各位，店里没有饺子了，也没菜了。”他的话音一落，就觉得不对劲。这些人平时来时说说笑笑，嘻嘻哈哈，今天都一律苦着脸，像是发生了什么不愉快的事。

张老板迟疑了一下，又说：“福安，到底咋啦？”这群领头的民工叫福安。其他民工的名字，张老板也差不多能叫得上来。

福安嗫嚅道：“老板跑了……”

“跑了？”张老板心里一惊，“工钱都给结了吗？”他知道，这帮子人都是来自几千里外的四川农村，上有老，下有小，出来打工不仅仅是混碗饭吃，也是为了养家糊口的，要供孩子读书，要赡养老人，没老婆的要娶老婆，没房子的要盖房子，米米罐罐的，不容易啊。

福安摇摇头，沮丧地叹道：“半年了，一分也没结，留下了一张欠条……”

张老板看到他们一个个垂头丧气、无精打采的样子，明白他们晚饭也没吃，忙大声说道：“没事，先吃饭，没饺子了，有面条……今天算我请客！”说罢，他不待福安他们表态就招呼厨师和服务员忙活开了。

很快，饭做好了。是鸡蛋西红柿卤，红的红，黄的黄，看上去很悦目。然而，这群民工们端起饭碗却怎么也吃不下去。

张老板一激动，豪气地说道：“福安，你把欠条给我，我给你钱。”

福安又惊又喜：“张老板，你说的是真的？”

“大男人说话不能当刮风，说到做到。”张老板点了点头。其实，他的大话一出口，连他自己也后悔了。不过，他想，只要这群民工建的房子还在，工钱早晚要讨到手的，不会打了水漂。自己咋说也比他们强，好歹有个饺子馆，挣钱比他们容易一些。

福安和众工友商量了一下，把欠条按八折给了张老板。张老板依照他们说的，用3.2万元的现金换回了一张4万元的欠条。

福安和工友们像捡了金元宝似的，一个个都哭了。福安抹了一把眼泪，感慨地说：“张老板，您真是活菩萨啊。”

这下好了，此事传出去后，但凡工地上有要不回工钱的，都把白条给张老板送来了。张老板容不得别人叫他活菩萨，看不得别人鼻子一把泪一把的，于是乎，来者不拒，把白条都统统收下了。

凡是认识张老板的人，包括他的老婆孩子、亲戚朋友都说他傻。“傻老板”的名号就慢慢叫开了。

短短半年时间，张老板竟收下了二十多万元的白条！“东北饺子馆”本来就是个工薪阶层消费的小饭馆，利润不是很大，看似红火，每天也挣不了几个钱。二十多万元不是个小数目，一下子就把饺子馆弄得周转不开了，搞不好要关门！

这时候，一家媒体的记者偶然得知了张老板的事，报道了他的所作所为，被誉为“有情有义的傻老板”。

一石激起千层浪。

在有关部门的敦促下，“傻老板”的白条都一一得到了兑现。“东北饺子馆”的名声也越来越大，有一些人专程从城里或是外地赶到那里吃饺子。不能再小打小闹了，饺子馆的门面房增加了一百多平方米，厨师由一个增加到四个，服务员由两个增加到六个……到了后来，“东北饺子馆”索性更名为“傻老板饺子馆”，因为好多人都是奔“傻老板”去的。

新年礼物

进入腊月，年的味道便越来越浓了。一街两行都挂上了火红的灯笼，大的、小的、圆的、长的，各种形状的都有。超市、商场门口的大海报，你方唱罢我登场，打折、降价的信息扑面而来。街口巷角的空地也全被小商小贩们占领了。过年了，城管也睁一眼闭一眼的，他们也知道弱势群体的不容易。卖衣服的，卖年货的，还有现杀活羊的……都来了。有商家门口的音响放着“新年好啊新年好”。不时炸响的鞭炮，更是把年味送到了城市的各个角落。

李娟走进商场，打算给母亲买件礼物。迎宾小姐穿着大红的旗袍，脸似乎比平时笑得还灿烂：“欢迎光临！”

每到年关，李娟必给老母亲买一件礼物。她自小没了父亲，是母亲屎一把尿一把，既当娘又当爹地把她和弟弟拉扯大的，不容易。记得进城的头一年，她给母亲买了一个洗脚盆。还是李娟在雇主家看到洗脚盆后，才决定给母亲买的。李娟是一个家政服务员，说白了，就是保姆。李娟在电话里给母亲说，睡前泡泡脚，胜似吃补药。这话也是雇主给李娟说的。李娟又问了雇主一次，才记住：先前在老家，晚上睡觉前谁洗过脚？即使偶尔洗一次，也是用的洗脸盆，谁用过那种木制的、带按摩的洗脚盆？第二年，给母亲买了一个袖珍音响，里面装了个卡，录满了家乡戏，豫剧、曲剧，还有大鼓书。弟弟和弟媳在外打工，不常在家，母亲一个人在家孤独，听听戏也不寂寞。这玩意儿也是李娟在公园里见到的，不少城里老人都有，腰里挎着，手里拿着，口袋里塞着，想听谁的就听谁的，比收音机方便多了。第三年，她给母亲买了一个按摩椅，母亲经常腰疼，都是干农活给累的。这也是李娟看到雇主家里有这个，才想起给母亲买的……

李娟东瞅瞅、西看看，给母亲买什么合适呢？衣服？平时没少给她寄，弟媳也给她买，到老也穿不完。用的？电视机，家里有。冰箱，家里也有，除了过年派上用场外，其他时间都罢着工。洗衣机，在弟弟的屋里锁着。李娟想再给母亲买一台，母亲不要，说村里不少人家都有，使用的却很少，都当成柜子塞满衣服了，说洗衣机老费电。即便是给母亲买了，会不会用还得一说。吃的？母亲饭量不大，也不吃肉，说老了，吃啥都不香甜了。开心果、核桃之类的坚果，她的牙也退化了，咬不动。

李娟在商场转悠了半天，也没想好给老母亲买什么礼物好。她打通家里的电话，问问母亲还缺少什么。

听到是她的声音，母亲在电话那端显得挺激动："娟，是你吗？你五天都没打电话了。家里啥都不缺……你啥时间回来？"家里装的是座机，母亲却不会拨号，不能主动打电话，只能接电话。

又是这句话。每次打电话，母亲都问李娟啥时间回去。李娟耐心解释道："娘，我最近工作忙，回不去。"前不久，李娟刚换了雇主，这一家有一个老太太，她的儿子、媳妇都在国外，忙，没时间回来陪老人家，老太太晚上睡不着，想找个人说说话，晚上陪她睡觉。老太太的儿子给的价钱也诱人，李娟就答应了。

母亲在电话那端不说话。

母亲似乎不高兴，李娟忙换了欢快的语气："娘，我弟弟他们回去了吧？我们几天前通过电话。我有时间就回去。"弟弟他们回去了，这个年也就热闹一点，家里也不至于太冷清。

"娟，给你寄的礼物你收到了吗？"母亲在电话那端怯怯地说道。

给我寄礼物？李娟感到新奇："娘，您老人家给我寄啥子礼物，真是的。"母亲又说："我让你弟弟寄的，他说丢不了，你会收到的。你弟弟他们今儿个去镇上赶集了……"

电话挂断后，李娟就给弟弟拨通了手机，闲聊了一会儿，就问到正题："娘说给我寄的礼物，啥礼物？"

"姐，你别生气啊。娘给我二百元钱，让我买张火车票给你寄去……我今天早上才在网上订购的，让他们直接送票去你那里，估计今天就会给你打电话，是腊月二十六的票。姐，你几年没回来了，你就回来一趟吧。你知道吗？你给娘买的洗脚盆，她一直没拆封，按摩椅一次也没用……姐，你真的很忙吗？娘想让你回来陪她睡一晚上……"

弟弟的话音没落，李娟眼里的泪已悄然滑落下来。

看 病

有好几天了，老贺一直感觉头昏沉沉的。这年头，心脑血管疾病不少，前几天，村里一个三十出头的小伙子就得了个脑梗塞。老贺掐算好时间，到星期六这天，知道儿子他们休息，不忙，就给儿子打了电话，打算让儿子开车把他接到城里去，找家医院让医生给诊断一下。

电话一通，儿子就火急火燎地问："爸，啥事？"

老贺怕吓着儿子，迟疑了一下，故作轻松地说："也没啥大事，有点不舒服……"

没等老贺说完，儿子就说："爸，您搭车进城吧……小宝可能感冒了，正要带他上医院呢。"

小宝是老贺的孙子，今年五岁，已经上幼儿园了。听说孙子病了，老贺也慌了，忙说："直接去县人民医院，那是大医院。"

"就这样，挂了。"儿子匆匆挂断了电话。

老贺本来身上装着二百多元钱，放下电话，又把枕头下面快食面袋里的零碎票子，说是零碎，也一千多元呢，都装进了口袋。这点钱算是老贺的全部积蓄了。他之前攒的钱已经分批给了儿子，儿子上学，儿子找工作，儿子买房子，儿子娶媳妇……哪一样都得花钱。尽管儿子、儿媳妇都有工作，可是，现在物价这么贵，他们的工资也仅够平日的开销，听说孙子一个月都得两千元呢，除了幼儿园的费用，还报了不少班。因此，老贺平时省吃俭用，能省点就省点，以备不时之需。

等到老贺来到县人民医院，医生正在给孙子量体温。孙子看到老贺，弱弱地叫了一声"爷爷"。老贺忙说："小宝，你哪里不舒服？"小宝说："我头疼。"

"你们刚到？"老贺不满地看了儿子一眼。

儿子看了一眼医生，低声对老贺说："我们去了儿童医院和妇幼保健院，都检查不出毛病，这才来到这里。"

医生抽出体温表，看了看，说："体温正常。"

儿了说："王大大，是不是化验一下？"

儿媳妇也说："要不要做做CT或是磁共振？"

医生没有接话，面无表情地拿起听诊器放在小宝的胸部，过了片刻，说："心跳也正常。先化验一下血吧。"

小宝害怕地说："我怕疼，不抽血……"

这时，小宝的姥姥、姥爷也相互搀扶着气喘吁吁地来了。显然，是儿子给他们通风报信了。

老贺安慰小宝："小宝，别怕，抽血不疼……"

小宝说："我不，我不。爷爷，爷爷，我不抽血。"小宝求救似的看着老贺。

儿媳妇生气地对小宝说："你不是头疼吗？不让医生看会中？"

小宝噘着嘴，小声嘟囔道："我的头现在不、不是很疼了。"

“真的不是很疼了？还是你不想让抽血？”老贺用手摸了摸孙子的额头。

“真的不是很疼了。”小宝的声音像蚊子哼。

儿子对医生说：“王大夫，那就不用化验，直接输液吧。”

医生犹豫了一下，说：“这样也好，先止疼吧。”

小宝又说：“我想睡觉。”说罢，就闭上了眼睛。

儿子见状，就对医生说：“王大夫，那就先住院观察一下吧？”

医生同意了。

出了医生的办公室。儿媳妇说：“再换个医生看看？”儿子说：“王大夫是这家医院最好的儿科专家，没有必要再让其他医生看了。”说罢，儿子去办住院手续了。老贺叫住儿子，把口袋里那把零碎票子给了儿子。儿子犹豫了一下，接住了。

小宝的大姨、二姨也来了。她们也是来看小宝的，手里提着大包小包的东西。

安排小宝住下后，已经是中午了。老贺让儿子和儿媳妇带上小宝的姥姥、姥爷、大姨、二姨去外面吃饭，他一个人在医院照顾孙子。

儿子和儿媳妇他们都走了。

病房里只剩下老贺和孙子。孙子忽然睁开眼，悄悄对老贺说：“爷爷，其实我的头不疼……”

老贺一时没明白过来，说：“你的头不疼了？好了？”

孙子狡黠地挤了两下眼睛，说：“爷爷，今天星期六，我不想去弹琴，不想去跳舞，不想去唱歌，故意装病的。”

“你吓死爷爷了。”老贺松了一口气。他这才感到口干舌燥，刚要起身去倒水喝，踉跄了一下，摇摇晃晃倒在地上。

“爷爷，爷爷，爷爷你怎么啦？”孙子吓得哇哇大哭。

老贺被送进了抢救室。

工 钱

已经连续五个月没发工钱了。这在往年是没有过的事。过去，不管工程是否完工，不论甲方是否结算，包工头张虎每月都会按时给大伙儿发工资，从不拖欠。这一点，曾有人给张虎开玩笑，说像他老婆身上每月“发洪水”一样准时。

前段时间，工友们曾问过张虎。张虎说：“面包会有的，一切都会有的。大伙儿把心放到肚里，年底我给你们结清，分文不少。”

张虎这么信誓旦旦一表态，大家也不好意思再说什么，平时张虎待他们不薄，况且他们又都是一个村出来的，跑了和尚跑不了庙。说实在话，工地上管吃管住，张虎给他们发洗澡票、理发票，也不需要什么钱。

林子大了，什么鸟都有。私下里，还有人发泄着不满。

陈恩说：“张虎说不定把钱存起来吃利息呢。”

王山说：“将来张虎要是卷钱跑了咋办？这事电视上没少报道过。”

陈恩说：“借给他个胆他也不敢，他若那样做，他的老婆孩子，还有老娘，咋还在村里混？”

王山说：“担心他拖来拖去拖到最后，拖得大家都没脾气了，象征性地给几个了事。”

“少一分试试！”周林晃了晃手里的瓦刀。那架势，若是张虎在跟前，说不定会一刀砍了他。

他们发牢骚也是有原因的。

这地方是个城乡接合部，离城市远那么一截，有生意头脑的就在工地附近弄个铁皮房子，经销烟酒、水果、劳保用品，还有小吃店、饭店，打着理发旗号，干着其他行当的也有五六家。王山在“等你来”洗头城认识了干足疗的小青。有好几次，小青提出要给王山按摩，费用也不高，一次一百元。王山有心让小青按摩，却因囊中羞涩拒绝了。

陈恩呢，认识了“不见不散”发廊的小美。陈恩下了班就往小美那里跑，两个人眉来眼去说说笑笑的，很像恋爱中的男女。有一次，一个客人在理发，见到两人的热乎劲，忍不住问小美：“小美，是你男朋友啊？”小美咧了咧嘴：“没给我买过一件衣服，没请我吃一顿大餐，我的亲哥，你说算不算？”羞得陈恩站起来就走，有心再去，没好意思去。

铁皮房子中有个麻将摊。周林爱打麻将，飘雨落雪了，工地上没活儿，他就往那里跑。有一次，他忍不住上阵跟人较量，本想赢个百八十的当作本钱，谁知道，第一局就输了，把自己身上的衣服脱个精光，只剩下裤头。他盘算着，等过年开了工资，一定好好赌一把，挽回自己的脸面。

类似王山他们的，工地上还有几个。往年，他们都没少在这方面消费。因此，他们对张虎不给发工钱，别提心里有多恼火了。恼火归恼火，但也没办法。

时间过得很快，转眼就到了年关。

私下里，周林给大伙儿出主意：“到了年关他再不发，咱就集体上楼自杀，看他发不发？”

陈恩说："不妥，这么做也是违法的，咱就找媒体曝光。现在全社会都在关注农民工工资……"

最后，大家都觉得陈恩的办法好。

这天是放假的最后一天，张虎把大家集中在一起开了个会，做了简短的总结，说了不少拜年的话，然后给大家发放了返程的火车票。

看着手里的火车票，王山憋不住傻愣愣地问："工钱呢？"

张虎呵呵一笑，说："工钱已经给你们寄到家里了，包括这几个月的利息，估摸着这时候你们的父母、你们的老婆孩子应该收到钱了。"

陈恩当即拨通了老婆桂花的电话，似乎要印证张虎的话，故意按了免提，没等他说话，只听桂花在电话那端兴奋地说："死货，收到工资了，比去年多了三四千呢……啥时候到家？我给你包你最爱吃的扁食。"

闻听此话，大伙儿都哈哈大笑起来。旋即，那开心的笑声响彻在工地上空——不知道谁提议的，他们把张虎抬起来，使劲往高空抛——这是他们喜欢一个人的表达方式。

落　叶

老孟是名环卫工人，分包人民路。虽然这条路是条人行道，不见机动车，路也不长，从东到西不到两千米，但老孟是个敬业的人，每天四点准时赶到现场，挥舞着扫把，就着昏黄的路灯，开始了一天的工作。等到天亮，一条干净清爽的街道就呈现在大家眼前。如果你有兴趣检查的话，一根头发丝怕是也见不到。

老孟说，吃啥饭叫唤啥声儿，咱干的就是这活儿。街道干净了，大伙儿的心情也好，心情好，啥都好，不就和谐了？呵呵，老孟还真能诌。想想，也真是那么回事。

老孟最怕秋天。人民路两边的行道树是杨树，一到秋末，叶子变黄的时候，就在枝头上挂不住了，开始飘落了，一个晚上就能落下厚厚的一层。这难不倒老孟，无非是起得再早一些、累一些。关键是，落叶像是故意捣蛋，这边老孟刚扫过去，那边就悄无声息地落下几片，一起落下也好，偏偏是没有规律，半天一片，半天一片。前面已经讲过，老孟是个敬业的人。你有的落，我有的是力气扫。这样一来，从早到晚，老孟几乎没有闲下来。这段时间，在这条路上走过的人们，就会看到老孟一整天都在挥舞着扫把，扫落叶，扫落叶。老孟曾自言自语地对杨树说，你要是俺家狗蛋，我非揍你一顿不可。

即便是这样，老孟年年拿不到先进。啥原因？一时半会儿说不清。

怕啥来啥，说秋天秋天就到。似乎转眼间，杨树上的叶子就变黄了，金黄金黄的，像是比赛谁比谁黄似的。

这天凌晨，老孟刚刚扫出一段，杨树叶又飘下几片，婀娜着落到了地上，似乎在嘲笑老孟。老孟无端地生了气，扔掉扫把，对杨树说，你落吧，谁扫谁是孙子。老孟坐在路边的道牙上，看着落叶飘啊飘。

天渐渐亮了，已经有早起的人过来了。走在落叶上，他们似乎没有发觉路没扫。老孟心里释然了，继续坐在道牙上发呆。

看着树上的落叶还在左一片右一片、上一片下一片，漫不经心地飘落，老孟像个胜利者，脸上浮出了几丝笑意。记得有人说过，地球离了谁照样转，同样，有些事不做，地球照样转。想归想，老孟心说，到了下午再打扫吧，不打扫一次说不过去。

大概上午十一点左右，老孟从打盹儿中醒过来的时候，忽然看到不少人拿着照相机，摆出各种架势在不停地拍照，拍地上的叶子，拍树上的叶子，拍近处的叶子，拍远处的叶子……刚开始，老孟给吓了一跳，以为是好事的记者要给他曝光，曝光他的懒惰行为。他慌忙起身，操起扫把要干活。附近一位拿相机的拦住了老孟："大叔，不要扫。等我们再照几张好吗？"看到他一脸的真诚和讨好的笑容，老孟明白他不是在戏耍他，便懵懂地点了点头。

不少路人也拿出手机拍照，一边哇哇地惊叫。有的还躺在落叶上，一副陶醉的样子。老孟看了半天，总算灵醒过来——这些人是把落叶当成美景了啊！老孟明白过来后，心里的不安一下子消除，甚至有了一丝成就感，若不是他，这些人能欣赏到美景吗？

老孟也装作很有品位地去欣赏那些叶子，挂在树上的，像啥呢？想了半天也没想出个文雅的词，一个字，黄，两个字，很黄。在阳光的照射下，在微风的吹拂下，像是一个个小精灵，闪闪烁烁，耀人的眼。一些叶子恋恋不舍地离开枝头，舞蹈着飘了下来，铺了一地的金黄，像是给大地铺了一张黄地毯。

几乎是一天，拍照的不断，来的来，走的走，似乎来的比走的还多。有的午饭也顾不上吃，从上午拍到下午。等到太阳西下，老孟才抓起扫把开始慢慢打扫。还有几个照相的没走，他不能扫了人家的兴致。

老孟没想到，看到他扫落叶，那些照相的也收起相机帮助他打扫，他们还央求老孟，第二天也不要打扫得太早，他们还来拍。

当晚就有人在微信上“爆料”老孟——《落叶不扫，只为留住美丽》，还配有几张落叶的照片，其中一张，除了一地金黄的落叶，还有老孟坐在道牙上憨笑的样子。

跟帖点赞的成千上万，一时间，老孟成了网络红人。

这一年年终，老孟得了个先进。

捡破烂的老人

近段时间，小区门口冒出个捡破烂的老人。老人大约七十岁，驼着的背上耷拉个编织袋，头上戴顶草帽，帽檐压得很低，似乎故意让人看不清他的黑白丑俊。

他跟别的捡破烂的不一样，根本不进小区，这倒省却了我的不少口舌和麻烦。有的捡破烂的，不管你咋说，死活要进小区，也是的，不进小区，咋能收到破烂呢？我不是不近人情，或是不通情达理，是怕他们图谋不轨，或是顺手牵羊把业主放在外面的东西据为己有。老祖宗留下的良言，害人之心不可有，防人之心不可无。有时，我看他们可怜，就放他们进去，不远不近地跟在他们后面，或是在他们出门的时候严加盘查。不过，现在好多了，物业公司在小区各个角落安装了摄像头，坐在值班室就能监控得到，除了放屁捕捉不到，其他蛛丝马迹一个也逃脱不了。

这个老人为什么不进小区呢？他是怕我拒绝吗？可是，他一次也没要求过啊。他总在外围转悠，怎么能收到破烂呢？时间长了，我就摸清了这个捡破烂老人的活动规律，他总是在周一的早上上班和下午下班的时间段在小区门口徘徊，当然，他也不惹人讨厌，总躲在远远的地方。等到业主们上班走了或是下班都进了小区，老人才蹒跚着离去。偶尔，他能捡到一两个饮料瓶。看着他肩上瘪瘪的编织袋，我也感到很难受，但也无能为力，爱莫能助。我不买饮料喝，连一个矿泉水瓶也没能给老人攒下。我的父母跟这位老人一般大的年纪，今年也都六十多岁了，一直住在乡下，不肯跟我进城，总说住在城里不习惯、不方便。其实，我知道，他们是怕给我增加负担。这位捡破烂的老人应该也是乡下人，他难道没有子女？其他时间老人去哪里捡破烂呢？如果跟周一一样，他能维持得了生计吗？当然，这些念头也是一闪而过。

有一个周一早上上班时间，我无意中发现老人盯着出去的业主看，忽然一惊，难道老人是来踩点的，看到哪家的业主出差了，以便偷窃？不可能的，刚才已经说过，小区内到处都是摄像头，即便业主不在家，他也下不了手的。转而一想，难道是他打着捡破烂的幌子，另有企图。跟踪单身女人或是手里提包的业主，在半路下手？仔细一分析，也是不可能的，因为我注意到老人一直躲在不远处，等到业主散尽，他才往相反的方向走去，而且也没见他用过手机，不可能通报他的同伴在途中下手。是老人要寻找仇人，伺机报仇？想想也是不可能的，老人这把年纪了，怕是有仇也报不了。老人是来找他的情人的？这个念头一出马上又给否定了，不可能的事。再说，小区的老人都是半晌才出来溜达，这个时间段他也没在小区周围转悠啊。

每次都是周一，每次都是上下班时间，盯着进去小区的业主看，不错眼珠，死盯。

又是一个周一，西北风呼呼地刮着，刮在人的脸上像刀子割一样，生疼生疼的。已经是晚上十一点了，老人蜷曲在不远处的屋檐下，丝毫没有离去的意思。跟往常不同的是，他头上的草帽换成了鸭舌帽。

老人今天是怎么了？难道他病了？想到这里，我走出门岗室，朝老人走去。

我没走到老人身边，老人已经站了起来。他的两只眼睛闪烁着，似乎有一种不安在里面。我问道："大叔，天这么晚了，您怎么不走呢？您是不是病了？"

老人摇摇头："俺没有病……"

我又问道："大叔，您是不是迷路了？"

老人摇摇头："俺没有迷路。"

"大叔，您家在哪里？"

"俺、俺在大桥下面住。"

老人说的大桥是市区的一条主干道，下面的涵洞里住了不少拾废品的老人或是流浪儿童，这件事情当地的媒体曾报道过。

忽然，我看到老人的眼睛直了，直勾勾地盯着小区门口，顺着老人的目光，我看到一个中年男人踉踉跄跄进了小区大门，那是二楼东单元的业主朱幸福。难道老人认识他？我刚要开口，只听老人喃喃说道："孩子，又去喝酒了？喝酒伤身啊。遇到啥事了？是高兴的事，还是难心的事，遇到难心的事跟爹说一声，说不定爹能给你出出主意呢……"

我似乎明白过来：朱幸福是老人的儿子！

老人一边擦眼角，一边不好意思地给我解释："儿女们忙，半年没有回家了，俺老想见到他们，又怕耽误他们的事，给他们添麻烦，就假装成捡破烂的，周一来看老大，周二去看老二，周三去看老三，周四去看大闺女，周五去看二闺女，周末回家看老伴，把子女们的情况给她汇报一下，免得她惦记啊。"

不知道为什么，我眼里的泪一下子出来了。我当即决定，明天就请假，回老家看看爹娘！

父亲的日记

父亲今年六十多岁了，似乎患上了老年痴呆症，搞得我很心烦。窗外有燕子飞过。

他说："儿啊，那是什么鸟啊？"

我正在电脑前打着游戏，不耐烦地说："爸，您老糊涂了？那是燕子。"

父亲恍然大悟似的，说："哦，是燕子啊。"接着，父亲就自得其乐唱起来："小燕子，穿花衣，年年春天来这里，我问燕子你为啥来，燕子说，这里的春天最美丽……"父亲唱得五音不全，很难听。

我刚想嘟囔他几句，想了想，还是忍住了。父亲一边唱一边笨手笨脚地跳着，像是在跳舞。

忽然，他一不小心碰到了桌子，桌子上的一只茶杯滚落到地上，啪的一声碎了。

他吓坏了，呆呆地看着我。

我顿时火冒三丈："爸，你安静点行不行？桌子没长眼睛你也没长眼睛啊？几十岁的人了，咋还跟个顽童似的？这只杯子几十块钱呢，我才用了不到一个月哩。"

父亲讪笑着，像个做了错事的小孩子一样不知所措，茫然地看着我。

我瞪了父亲一眼，然后继续打游戏。

父亲说：“我想吃冰激凌。”

我头也没抬，说：“爸，等会儿我给你买啊。”

有一天，我看到了父亲的日记，其中有一篇日记是这样写的：儿子今年两岁了，非常活泼可爱，我很喜欢他。窗外有燕子掠过。

他说：“爸爸，那是什么鸟啊？”

我忙放下手头的活计，用指头轻轻刮了一下他的鼻子，说：“小笨蛋，我昨天不是给你说过？那是燕子，每年春天都要来的。”

儿子咯咯笑了。

过了一会儿，儿子又指着窗外翩翩飞舞的燕子，问我：“爸爸，那是什么鸟啊？”我耐心给儿子解释道：“儿子，那是燕子。”

接着，我就教儿子唱《小燕子》。

儿子奶声奶气地跟着我唱：“小燕子，穿花衣，年年春天来这里，我问燕子你为啥来，燕子说，这里的春天最美丽……”

儿子唱得完全跑了调，但我还是拍拍手：“儿子，你真棒！比歌星唱得还好！”

儿子得到鼓励，一边唱一边跳着。

忽然，他一不小心碰到了桌子，桌子上的一只茶杯滚落到地上，啪的一声碎了。

儿子吓坏了，哇地哭开了。

我忙把他搂在怀里，一边给他擦泪，一边安慰他：“宝贝别哭，疼不疼？让我看看。等一会儿我打桌子，谁让它不长眼睛哩！杯子碎了没关系，下午我再给你买一个。”

儿子这才渐渐不哭了。过了一会儿，儿子说：“爸爸，我想吃冰激凌。”

我忙说：“好，我现在就带你去买。”

我悔恨交加，一下子泪流满面：“爸爸，儿子不孝……”

可是，父亲再也听不到我的声音了——父亲已经去世——在整理父亲的遗物时，我看到了他老人家的日记。

·转换角色

二娃是“上一档烩面馆”的小伙计。不像正规的酒店,即使小伙计这个角色,也分前厅、后厨,前厅又分传菜的、迎宾的,后厨又分择菜的、洗涮的,等等,多了去,二娃没有具体的工作,却不轻松,有什么活儿干什么活儿,端盘子、抹桌子、扫地、擦玻璃,有时间还要起五更陪着老板去买菜。老板太抠门,大厨也不聘用,自己掌勺,服务员就聘用了两个人,除了二娃外,还有一个女孩子山桃,她负责择菜、洗刷碗筷,吃饭时辰,还要站在门口招呼人。虽然忙一些,老板给的工资不低,管吃管住,每月两千元,这在同行业中已经是不低的了,有的星级酒店只给一千多一点。当然,这里是说钱不见钱,老板承诺年底一块儿给。

明天就是腊月二十三了,老板承诺开工资,放假,回家过年去。二娃盘算着自己能开多少钱,回家给爹捎个帽子,给娘选件羽绒服,给小妹买个手机……结果一晚上也没睡踏实,老是在做梦,一会儿梦见自己在超市挑选东西,一会儿梦见自己坐在火车上,一会儿梦见自己到老家了。等到醒来,已经是早上八点了。他慌忙爬起来,脸也顾不得洗,就噔噔噔下楼了。面馆在一层,他住在楼上。结果大门没开,老板还没来！若搁往常，老板七点左右就到了。二娃忙打开门，发现山桃瑟缩着身子站在门外面，山桃在另外一个地方和一帮乱七八糟的女孩子住在一起。

两个人收拾完房间的卫生，已经是九点钟了，老板还没来。怎么回事啊？二娃感到什么地方不对劲，打老板的电话，被告知手机已经关机。

二娃茫然无措的时候。陆陆续续来了几个人，都是找老板的，一个是房东，说是要房租的，一年的房租四万八千元，老板一分钱也没给；一个是杀猪的，是来要账的，说老板用了他大半年的肉，欠了五万多元；一个是菜农，也是来要账的……原来老板承诺今天兑付，所以他们才来了。

到了十一点，老板还没露面，电话还是关机。直到这时，那几个讨账的感觉受骗了，对着二娃和山桃骂骂咧咧的，好像他们是冤的头，债的主。二娃和山桃不敢反驳，也不知道如何反驳，任凭他们的唾沫飞到脸上。

几个债主知道两个服务员也是受害者，欺负他们也没啥意思，便自认倒霉，就又骂骂咧咧地走了。

山桃松了口气，怯怯地说，二娃，咱也走吧。

二娃点点头，转而摇摇头，说，连回家的路费都没有，咋走啊？

山桃说，我、我也没有路费……我身上只有十几块钱。

二娃说，你回家一趟得多少钱？

山桃说，汽车、火车、三轮车，得一千六百元。

咱两个差不多。二娃说，哎，这冰箱里还有肉，还有青菜，咱把路费挣出来再走吧？

山桃迟疑了一下，说你会做烩面？

二娃说，没有吃过猪肉还没见过猪走路？把生的做成熟的就中，来咱这小店的，身份跟咱差不多，不是啥讲究人，即使有些差池，不会找麻烦的。

你真有把握？山桃扑闪着眼睛。

想着是给咱的家人做饭吃哩，能错到哪里去？二娃蛮有信心地说。

中！山桃的两只眼睛越来越亮。

说干就干，二娃把火打开，一边烧水，一边去切肉；山桃择葱、剥蒜……当把第一碗烩面端给一个中年汉子时，说实话，二娃的心里还没底，忙让山桃把醋、辣椒、盐拿过去，说大哥您看看合您口味不，需要啥您自己添加。

中年汉子吸溜了一口，头也不抬，说，中，中，中。

二娃和山桃相视一笑，信心大增。接下来，越发操心。还好，一碗接一碗，没有一个顾客说孬的。

忙到天黑，两人算了算账，挣了六百元。

照这个数目，咱再干六天就能把两个人的路费挣出来。二娃掰着指头说。

第二天早上，二娃去市场上进菜；山桃在店里忙活。九点钟，饭店准时开门营业。

这一天，两个人赚了七百元。

……

到了腊月二十八，二娃和山桃已经赚了六千元钱。二娃说，山桃，咱回家是不可能了，车票估计买不到了。咱不如不回家，继续干下去，然后把账一撮儿一撮儿还清再做打算，你看如何？

中！听你的。山桃说。

就这样，二娃和山桃干了多半年，终于还清了前任老板所有的欠款。

由于两个人用心经营，口碑传了出去，饭店的生意越来越好，要关门已是不可能了，两个人也舍不得关门，于是打出广告，招聘三个小伙计，把生意往红火处弄。

报名者蜂拥而至，当其中一名站在二娃面前时，他愣住了——这个人是年前逃跑的老板！

二娃不计前嫌，收留了老板。

没过多久，饭馆的名字由“上一档烩面馆”改为“小夫妻烩面馆”。怎么回事。您自个儿琢磨去吧。

启明小学

靠山屯小学原来是一座庙，有些年头了，墙是那种用土和麦秸混合后夯起来的，只有四边墙角是用规则不一的石头垒起来的，屋顶是用红瓦一块一块铺上去的（原来是草，改成学校后换过来的），说是红瓦，颜色已经变得淡了许多。窗户是用塑料薄膜蒙上去的，稍微有一点风吹草动，呼啦呼啦响，像是出鬼了。若是冬天，屋子成了冰窖，冷得坐不住人；若是雨天，屋外大雨，屋里小雨……像是一个风烛残年的老人，看着就让人心酸。

村主任老贵愁得不行，没少往乡里跑。弄得到了后来，乡政府的人见了老贵，能躲就躲，不能躲就拖。也不能怪乡政府不作为，本来就是穷乡僻壤，交通不便，没有厂矿，去哪里弄钱？有一任乡长曾对老贵说过这样的话："老贵，我要是能屙钱，谁不给你屙谁就是龟孙。"

就在老贵绝望的时候，他的眼里又有了火苗——从靠山屯小学走出的赵启明大学毕业了，分配到了本县教育局。这可是本村唯一在外干事的人。

不单是老贵，不单是靠山屯的男女老少，连乡里的人也觉得这一次大有希望。

老贵去找赵启明,知道他是一般科员,让他给领导建议建议,政策给靠山屯倾斜一下。

对于靠山屯小学的情况,赵启明心里跟明镜似的,答应得很爽利,说靠山屯的校舍早就该翻修了……再穷不能穷教育,再苦不能苦孩子。

老贵听了这话,眼泪都差点掉出来。

春种了,秋收了,还不见有动静。老贵又去找赵启明。赵启明为难地说,他当不了领导的家,让老贵再等等,再等等。

结果等了一年又一年,一直等到赵启明当上局长。

都说,这下该有戏了。赵启明现在是局长了,领导了,建个小学那是小菜一碟,根本就不是个事。

这一次,老贵没那么积极,心说赵启明不是不知道靠山屯的根梢。没想到,秋去了,冬来了,赵启明愣是连个屁也没放。

老贵忍不住,又去找赵启明。

老贵去的时候,赵启明正在办公室练习书法。

赵启明放下毛笔,洗了洗手,一边给老贵倒水一边说,老贵叔,咱农村有句俗话,不当家不知柴米贵。我当了局长,才知道财政上那点钱用来开展全县的教育工作无异于杯水车薪,点眼都点不过来。

老贵不知道"杯水车薪"啥意思,但他知道"点眼"的含义。

赵启明说,老贵叔,你难,我也难……不知道的人,以为我是爷,其实孙子都不如。老贵叔,求人不如求己,村里再想想其他办法吧。

没有办法可想了。老贵叹了口气,很是失望。

赵启明说,那就再等等,再等等。

一个月,两个月;一年,两年……老贵失望了,靠山屯的人也失望了。私下里都说，纪委揪走了那么多的贪官，咋没把姓赵的提溜走呢？说实话，村里人都盼着赵启明出事呢。

直到赵启明退休，他也没出事，靠山屯的小学还是闺女穿她娘的鞋，老样儿。

赵启明退休后，回到了靠山屯。村里人见了他仿佛不认识他似的，有的当面吐口水，有的指鸡子骂狗，有的气不过，还要冷嘲热讽几句，什么“好狗护三村，好汉护三邻，有的人竟连狗都不如”等等，类似的话。遇到这样的情况，赵启明低着头，默默离开。有什么好辩解的呢？

赵启明知道村民对他没好感，也就不怎么出门，每天在家里练书法。到了春节，他给村里人免费送春联，有的直截了当，说有了，不要；有的接了，却没往大门上贴。村里人不稀罕他的书法，有人稀罕他的书法。经常有小车嗖的一声来了，嗖的一声走了，都是来买他书法作品的。

老贵曾拦住一个来买赵启明书法的人，说姓赵的字有啥看头？歪歪扭扭，跟老鳖爬似的。

这个人笑话老贵不懂书法，说赵启明的书法，非隶非楷，非古非今，单个字体看似歪歪斜斜，但总体感觉错落有致，别有韵味，有郑板桥的遗风。

老贵摇摇头，他不懂得什么桥什么风的，他眼下最关心的是靠山屯小学。

有一天，赵启明交给老贵一个存折：“老贵叔，这是我的润笔费和积攒起来的工资，三十万，把靠山屯小学翻修一下吧。”

接过存折，老贵的眼角湿润了。

等到学校竣工那天，赵启明拿着自己写好的“靠山屯小学”赶到现场，他忽然发现大门上挂着白底黑字的“启明小学”的牌子。在阳光的照射下，黑是黑，白是白，黑白是那样的分明。

最好的图片

阿文大学毕业那年，竞聘到了当地一家日报社，做了一名摄影记者。由于他的勤奋和执着，已经在单位，不，应该说是整个新闻界崭露头角，小有名气。在一次酒桌上，报社老总王石曾对阿文说，小子，好好干，你有可能会成为我们报社历史上最年轻“金鹿”新闻奖的获得者。

“金鹿”新闻奖是这家报社设立的最高奖项，每三年一届，每届一个名额。国内同行不但认可这个奖项，而且还给予了很高的评价。每次颁奖晚会都很隆重，业内权威人士和当地政府官员到场颁奖，还有当红明星演出助兴。因此说，报社的同行们都以能获得这个奖项为荣。

当时阿文笑了笑，知道王总说的是醉话，还是装作感激不尽的样子说，谢谢王总的栽培！虽然阿文知道王总说的是醉话，但是，自己已经动心了。为了得到这个最高的荣誉，阿文拿出自己的积蓄，又向女友小婵借了一些，花费十几万元，买了一部豪华的相机。工欲善其事，必先利其器嘛，没有一部好相机不行。从此，阿文一直在寻找机会，打算拍摄一张具有震撼力的作品，获得“金鹿”新闻奖。小婵也曾明白无误地告诉他，要结婚可以，拿到“金鹿”新闻奖再说。

机会说来就来了。这一天,阿文接到王总的电话,让他立马到新华小区去,说一个女人因举报丈夫贪污受贿,遭到丈夫殴打,女人不堪欺辱,从阳台上爬出来打算跳楼自杀……

妻子举报丈夫,反遭丈夫毒打,这本身就是个很吸引人眼球的新闻。在接到王总电话任务的那一刻,直觉告诉阿文,他的机会来了。

阿文住的地方离新华小区很近,五分钟后,阿文赶到了现场。阿文松了一口气,那个女人还没有跳楼,不过身体已经悬空,随时都有掉下来的危险。现场已经围观了不少人,有小区的居民,有当地的领导,有警察和消防官兵,有各级媒体的同行们……阳台里面一个男人正在使劲拽着这个女人的胳膊。他们所在位置是五楼。如果从楼下掉下来,女人必死无疑。隐约听到男人和女人的对话:

女人说:"你放开,你放开!"

男人说:"你上来,你上来……我听你的还不行吗?"

女人说:"我不再相信你的话,我对你已经彻底失望了。"

……

女人一头长发,穿着一件红色的裙子,在微风的吹拂下,飘飘摇摇。女人悬空的双腿使劲收缩着,似乎想努力挣脱男人的控制……画面惊险、刺激。

阿文打开相机,调整焦距,随时准备拍照。

警察在下面做女人的思想工作。

忽然,女人挣脱男人的手臂,从楼上掉了下来。

啊!众人都给惊呆了!阿文来不及多想,甩掉手里的相机,箭步跑到楼下,伸开双臂接着了那个女人。咚的一声闷响,巨大的冲击力也把阿文砸晕在地……

两个人被现场的救护车送到了医院。所幸的是，女人只是情绪有点激动，没受一点伤。阿文的胳膊骨折了，无生命危险。

报社的同行都来医院看望阿文，王总也来了。

阿文内疚地说："王总，对不起，我没有完成任务。"

王总没有接阿文的话茬，说："阿文，你的相机也摔坏了……你后悔吗？"

阿文说："王总，我不后悔，毕竟挽回了一个人的生命……常言说，救人一命，胜造七级浮屠。"

王总点了点头。

阿文又说了一句："王总，我没有拍到照片……"

王总打断阿文的话，说："不，你虽然没有拍下照片，但你的形象已经定格在大家的眼睛里，其震撼力可能已经超越了历史上最好的图片……你的相机摔坏了，报社破例给你购置一台。同时，社里已经决定，这一届要把'金鹿'奖给你，因为你是一个合格的新闻工作者！"

站在领奖台上，阿文深有感触地说："作为一个新闻工作者，缺少的不是机会，而是人性与良知！"

颁奖会没多久，阿文和小婵也步入了婚姻的殿堂。

路 神

入了冬，日头也怕冷似的，早早躲进了山坳里。下午一放学，小羊就背起书包急慌慌往家赶。学校离家有四五里路，中间要翻越一座山、两道沟。刚开始，小羊是跑，跑着跑着，就累出一身的汗，上气不接下气，跑不动了，走，走得东倒西歪，也不敢停歇。尽管这样，往往是小羊走到半路，夜幕就低垂下来，好像急着去给日头当被褥。路边的石头，白天看像是一头牛，到了晚上，就变成了张牙舞爪的鬼怪，吓得小羊不敢正眼去瞅。山林中叫不出名的鸟儿，也趁着黑夜，不知羞地卖弄着不着调的歌喉，一惊一乍的，怪瘆人。

爷爷腿脚不灵便，只能到山口那儿接小羊了。小羊的爸爸妈妈都到外地打工去了，爷孙两个相依为命。

这天黄昏，见到爷爷，小羊一头扎进爷爷怀里，呜呜地哭起来，半天都止不住。她是个懂事的姑娘，心里恐惧，不敢告诉爷爷，怕爷爷担心。爷爷知道，小羊除了委屈，更多的是害怕。一个七岁的小女孩，走夜路，并且还是山路，能不害怕吗？握着小羊冰冷的小手，爷爷心里叹道，说："小羊，别害怕，有路神保护着呢。"

“爷爷，什么是路神啊？”小羊天真地问。

“路神啊，就是神仙。玉皇大帝把何五路封为路神，掌管着天下东、南、西、北、中五条路。当时众神皆笑道，天下之路还用管吗？天下之人，无路不创、不开、不走，谁听你的？观音菩萨说，人有心，有心者，心中有路才有路，心中没路，走投无路。每时每刻有多少人因心中无路要上吊、投河……福路、禄路、寿路、喜路、财路，连着福缘、禄缘、寿缘、喜缘、财缘，不通行吗？观音菩萨言之有理，众神这才无话可说。从此，何五路掌管起天下东、南、西、北、中五条路，保佑走路的人平平安安。”

“爷爷，能看到路神吗？”

爷爷说：“凡人是看不到的……你在前面走的时候，路神就在后面跟着，保护着你，所以不用害怕。”

“爷爷，我今天回来，就见到路神了……接连好几天了。”小羊的心里渐渐亮堂起来，说话也有了底气。

“你见到了？”爷爷吃了一惊，关于路神他也是听老辈人讲的，讲得有鼻子有眼，不由得不信。不过，他自己倒没有遇到过。小羊今天碰到的是什么？真的是传说中的路神？

小羊说：“上山那会儿，我在前面走，总感觉后面有人，能模模糊糊听到脚步声，有时还有轻微的咳嗽，有时还叫我的名字呢，吓得我也不敢回头，使劲跑……原来是路神啊。”

小羊的描述跟老辈人讲得不相上下，看来真的是有路神。爷爷说：“小羊，不能回头看。我爷爷说过，有一天早上起来，他的眼睛无缘无故地肿了，村里的老人说他是见到了路神，冲了煞气，所以才会眼肿，最后请了一个岁数很大的老人在路边烧了几刀黄纸祷告一番，三天后爷爷的眼睛才转好。”

第二天星期五，小羊没有去上学。学校唯一的一名教师杨老师家访来了。杨老师今年六十岁，在学校里教了一辈子的书，因为生源少，地方又偏僻，没有人愿意来这里教书，杨老师是校长兼老师，除了校务，还负责着小学一至五年级二十多名学生的全部课程。

见到杨老师，小羊和爷爷都很高兴。这是杨老师第二次家访，上一次是小羊刚入学的时候。杨老师上了年纪，来一趟要走几个小时呢。

“杨老师，真的是谢谢你……学校那么多学生，真的是难为你了。”说着话，爷爷去鸡窝掏鸡蛋。

杨老师知道小羊的爷爷要给自己卧荷包蛋，忙去阻止了他。鸡窝就是山里人的“农行”，杨老师是知道的。说：“除了小羊，还有三四个同学都离学校比较远，有的翻山，有的越河，我不放心啊。现在天黑得早，担心他们在路上出了意外。每天放学，我只好挨个护送一段，等这个到了安全路段，再拐回来去送那个……小羊跑得快，我每次都赶不上，只好远远地在后面送一程。”

小羊恍然大悟：“杨老师，我爷爷说您是路神呢……哼，爷爷骗人。”

“路神？”一时间，杨老师丈二和尚摸不着头脑。

爷爷笑了，笑得眼泪都出来了。

杨老师明白原委后，语重心长地说：“小羊，道路怎么走，全靠你个人。真正的路神不是别人，是你自己！”

多年后，小羊大学毕业回到村小学当上教师，才彻底懂得杨老师说的话。

特殊的考试

王曦只有高中学历，仅凭着对古玩的一腔热情，被一家拍卖行破格录取。拍卖行里的不少同事颇有微词，说王曦有什么优势啊，他没有可以利用的关系，连八竿子打不着的也没有，给单位带不来一丁点好处；又不是漂亮的女孩可以出去公关，也没有漂亮的女朋友可以帮他公关；更没有专业的知识，只是一个高中毕业生，有何用啊？

这些风言风语传到总经理的耳朵里，他没有解释，也没有多说什么。他说什么好呢，有什么好说的呢，王曦当时是毛遂自荐到这里来的。王曦说，我一天不吃不喝可以，不研究古董则寝食难安！总经理随口问道，你什么专业？王曦说，我没文凭，但没文凭不代表没水平。这样的例子太多了，不用我一一列举吧？就这两句话，总经理脑子一热，就把王曦留下了。说先试用三个月吧。

在试用期即将结束的前几天，拍卖行的工作人员小张收到一件字画——《弘历鉴古图》，字画的主人给的起拍价是 10 万元。字画主人走后，小张仔细观察这幅字画，发觉自己看走眼了，这幅画是现代仿制品，连 1 万元也不值，打算立马退回去。当时，王曦也在场，他上前仔细看了看字画,连放大镜也没用,就说是真的。

在场的有小张、王曦,除了总经理没在现场外,还有拍卖行的其他同事,他们却都说小张的眼光绝对不会有问题,王曦纯粹是胡扯。这里顺便说一句,小张是总经理的亲弟弟。他们有没有拍马屁的成分不得而知。

王曦坚持自己的立场,侃侃而谈:"《弘历鉴古图》,又名《乾隆帝是一是二图轴》《清人画弘历是一是二图轴》,表现的是乾隆皇帝鉴赏古物的情景。乾隆的左眉毛中间是断开的,画家在作画的时候'似是而非',知道的人能看出眉毛中间是断开的,不知道的人不加分辨很难看出……其实,这幅画的构图是宋朝画匠的杰作,是乾隆皇帝自恋,要求画家把图画上的主人公换成自己而已,当然,也不是简单模仿,宋画中的人物是赤脚的,乾隆皇帝的衣服巧妙地遮挡住了脚;宋画中的人物是俯视的,乾隆皇帝是微微仰视的,再现了一代帝王的气魄。"

有人将王曦的军:"如果你看走眼了呢?"

王曦微微一笑,一拍胸脯:"如果这幅画是赝品,我拍屁股走人。"

众人这才无话可说,但他们都抱着幸灾乐祸的心态等着看王曦的笑话。

就这样,这幅画在王曦的干预下留了下来,使字画进入正常的拍卖程序,最终以50万元的价格成交。

此事过后不久,王曦就被总经理聘为总经理助理。

这一回,拍卖行里的人真的不服气了,甚至到总经理那里质疑,发牢骚。也难怪,他们有的资历深,有的有门路,有的学历高,有的能喝,有的会说,总之,随便拉出一个,都比王曦强。王曦有啥呢?哈巴狗咬兔子,要跑没跑,要咬没咬。虽然这次他侥幸露一手,也是瞎猫撞上死耗子。

总经理说:“从《弘历鉴古图》这幅字画中,不但可以看出王曦的鉴赏水平,同时也看出了他的人品。”

众人不解。

总经理说:“如果王曦有点私心的话,不声张,任凭小张把字画退回去,然后打听出卖家,再给卖家送10万元钱,那么这件东西就成他的了,是不是?但王曦没有那么做……干我们这一行的,可以犯技术上的错误,但绝对不能犯良心上的错误。我们拍卖行需要的就是像王曦这样德才兼备的人!”

王曦不知道。小张是总经理派来“考试”他的,幸运的是王曦抓住了机遇,通过了“考试”。一旦这次他“考试”不及格,不但不会被提拔,还会被炒鱿鱼。当然,即便他想把这幅字画占为己有,也会狗咬尿泡,空欢喜一场。

偷

我到靠山屯小学去的时候,学校的情况超乎我的想象,当时心里凉巴巴的。硬件设施倒是不错,教室是去年新建的,桌椅板凳也都是建校时配置的。学校只有一个老师兼着校长,是当地人,高中文化程度,年龄五十多岁,他一个人兼着一到五年级的全部课程。学生的学习成绩普遍差倒还在其次,关键是学生的素养,不知道爱护公物,不知道尊老爱幼,等等,毛病多了。老校长摇摇头,苦笑着对我说:“这些孩子没有教养……他们的父母都外出打工了,跟着自己的爷爷奶奶,家庭教育这一块缺失啊。”

常言说,既来之则安之。支教一年,很快就会过去的。于是,我就打定主意留了下来。

当天晚上,就验证了老校长所言不虚:大约九点钟,我刚走到厕所,发现没有带手纸,就又折返回来,隔老远,就看到一个孩子从我的屋子里跑了出来,趁我一愣神的工夫,那个孩子已经跑远了。我回到宿舍检查了一下,发现只是丢了两袋方便面。闻讯赶来的老校长说,一定是小雨那孩子干的!接下来,老校长给我介绍了小雨的情况。

小雨是四年级学生，不好好学习，每次考试都是倒数第一。他五岁那年父亲在建筑工地出了意外，半年后，母亲到城里打工了，多年没回来，连个音信也没有，是死是活不知道，小雨跟着七十多岁的爷爷……爷爷年纪大了，身体不好，管不了他。小雨这下成了“孙猴子”，想咋着就咋着，今个儿偷东家的番茄，明个儿偷西家的黄瓜，只要哪家没锁门，他就进家乱翻腾，见啥拿啥，主要以吃的为主。

我点点头，说我明白，这孩子是饿坏了。

老校长说，他家吃着低保，城里一个爱心人士每月给他们家寄五百元钱呢，日子还过得去……这孩子若不管教，将来肯定是败家子。

我的钱包、手表、手机都还在，说明这孩子良心未泯，还是能教育好的。家教缺失，学校把这一块补回来，应该可以的。针对当下的情况，我给老校长建议，增加传统文化教育，让学生首先知道感恩。老校长晃着头发稀疏的脑袋，附和道，中，中，中。

从第二天早上开始，上课前，我带领全体学生读一遍《弟子规》，每天放学前，我带领学生们诵读《感恩词》。课余时间，我给他们讲那些名人传记，讲爱迪生，讲牛顿，讲比尔·盖茨，讲刘胡兰，讲雷锋，讲郭明义……有时间我还陪他们一起玩滚铁环、丢手绢，也玩狼捉小羊的游戏。

一个月后，我到小雨家里去了一趟。我去的时候，特意把男朋友从城里给我带来的一箱方便面给带了过去。小雨的爷爷一边说着感激的话，一边不住地抹眼泪。小雨躲在一边，怯怯的样子，什么话也不说。临走的时候，我塞给了小雨的爷爷两百元钱。推让半天，小雨的爷爷才收下。小雨送我到门口，走了很远，才弱弱地对我说：“老师，我爷爷没有吃过方便面，我、我……”我抚摸着小雨的头，打断了小雨的话：“小雨，没事的。以后想吃什么跟老师说，好吗？”月光下，我看到小雨使劲点了点头。

渐渐地，学校的那些孩子们喜欢上我了，有的从家里给我带来一个煮熟的鸡蛋，有的从家里给我带来一把新鲜的蔬菜，数小雨送的次数最多。

期中考试的时候，大部分学生的成绩在原来的基础上都有了一个很大的提高，小雨也从倒数第一进到了前十名。

转眼一年时间即将过去，我发觉自己喜欢上靠山屯这个地方了，每天都能看到蓝天白云，每天都能呼吸到新鲜的空气……男朋友的电话一个接一个，催促我回去，回去。怎么办？是走还是留？我犹豫不决，总是拖一天又一天。

忽然，有一天，我接到一纸调令，让我到市二小报到。我知道，这都是男朋友的“功劳”。唉，先把这一天的课上完再说。

我上的是三年级的课，刚从教室出来，老校长就把小雨给提溜过来了，说小雨偷了我的东西。

我诧异地看着小雨，他却低着头，看样子是真的了。

“小雨，你、你……”我心痛得说不出话来。

“老师，校长说来了一封调您走的信，我不想让您走……我偷了信，您就走不成了……”小雨哽咽着抬起头，泪珠在脸上爬。

碑

看着满山遍野的小松柏，高高低低，深深浅浅，远远望去，挺像那么回事。栽得早的，树干有两把粗，树冠已经郁郁葱葱；刚栽上的，枝条的颜色也透出了新绿……老杨的嘴角漾出笑意，心说，不出几年，又是一座青山。那些小松柏随着微风的吹拂，轻轻摇动枝头，好像是在向老杨点头致意；枝头晃动的“沙沙”的声音似乎在对老杨说着感激的话：“谢谢！谢谢！”

这时候，村主任老贵走了过来，打老远就招呼老杨：“老杨，树都栽上了，夜里你该睡安稳了吧？”

老杨长长吐了口气，点了点头。

老贵走到近前，盯着老杨花白的头发，轻叹一声，说：“老杨，这些年，你没少吃苦……”

“应该的。”老杨垂下了眼帘，看着自己跑出鞋外的脚指头。

老贵顺着老杨的目光，看了看老杨那双烂得不能再烂的黄球鞋，说：“大伙儿的眼不瞎，觉得亏欠了你，没啥表示，给你立块碑吧！”

“碑？”老杨吓了一跳。

老贵说:“碑。”

老杨想了想,说:“好。就立块碑!”说罢,他的眼角湿润了。

十年来,为了栽树,老杨几乎没下过山,吃在山上,住在山上。有一次,老贵给他送蔬菜,在陡然见到老杨那一刻,吓得差点跌倒,以为遇到了野人——那次,老杨的头发几个月没理,胡子多天没刮,跟“野人”差不多。有时,盐没有了,老贵没顾上送,老杨顾不上下山采购,就白水煮面条,凑合一顿是一顿。前年夏天发生泥石流,老杨住的窑洞坍塌了,幸亏当时他在山上巡视,若不然,那次就把面本交了——当地土话,若是去世了,就说是交面本。为了购买树苗,老杨把自己的全部积蓄都用上了,包括乡里给他发的那点补助……也因栽树,老婆带上孩子远嫁他乡了。

“老杨,就这样定了。等我把碑文弄好,再来。”老贵丢下这话,走了。

老贵回去不到半天就拟好了碑文:

1993年1月至2003年8月,村民杨泉舍小家顾大家,卖掉全部家当,自筹资金10万元,整整花费10年时间,磨穿鞋子80余双,栽树20万株。并自告奋勇担任护林员,守护山林。特立此碑予以纪念。

没过几天,就是中秋节了,老贵打算上山给老杨送月饼,顺便把碑文带去,让老杨过过目。到了山脚那儿,老贵一眼就看到了那块碑,是依山就势刻在一块石头上的《戒碑》:

1992年12月6日中午,村民杨泉来山上割草时,随手将未燃尽的烟蒂扔下山崖,酿成大火,周围农民、工人等800多人闻讯赶赴火场,奋力扑救一天一夜。但山火无情,山上的松柏、栎树等全部被毁。按照有关条例,肇事者应受到刑事处罚。本案肇事者杨泉为弥补自己犯下的错误,自愿上山植树,被免于处罚。为防止此类事件再次发生,在此竖立“戒碑”，警示登山者引以为戒。

这个老杨！老贵慨然叹了口气，心里一下子满满的。

出警

在胡杨的一再要求下，同事们都回家了，他一个人守在岗位上。还好，整整一天，电话一点动静都没有。他一度怀疑电话坏了，试了几次都没事，他这才放心。他巴望着电话响起来，又不希望它响，一旦响起来准没好事。到了晚上，胡杨吃了一碗泡面，站在镜子前，正了正衣冠，然后开着巡逻车上街了。

路灯已经闪闪烁烁亮起来，似乎比往日多了些许温馨，街上一改平时的喧闹，少有车辆和行人，即便见到一两个行人也是步履匆匆，急着往家赶呢。不时炸响的鞭炮显示出了节日的气氛。一个个贴着大红对联的店面都关着门，再好的生意也不做了，都回家团圆去了。过年，中国人最看重的是大年三十，一边吃着年夜饭一边漫无边际地聊天，是最惬意不过的事情了。鞭炮声越来越密集，年味越来越浓了。

胡杨叹了口气。他何尝不想回家呢？他也想回家跟老父亲喝两盅。母亲去世得早，是父亲一把屎一把尿地把他拉扯大，谈何容易？他也想回家逗逗三岁的儿子胡杨林，陪他放鞭炮，给他讲故事。此刻，他们最需要他的陪伴了。想想，他有二十多天没回家了，但是，他跟其他人不一样，他是警察。再说，越是这个时候，越不能掉以轻心，不能给犯罪分子任何可乘的机会，得让老百姓过上一个安稳、踏实的节日。

两年前的这一天，胡杨也在单位值班。那天晚上，爱人在给他送饺子的路上，遇到一个歹徒，歹徒要抢她的项链，她在反抗的时候被歹徒残忍地杀害了。他赶到的时候，看到躺在血泊里的爱人，看到从保温桶里滚落一地的饺子，他一下子泪流满面，抱着爱人真的是撕心裂肺、肝肠寸断。爱人真傻，那是一条假项链，怎么如此看重呢？爱人弥留之际，用微弱的口气对他说：胡杨，我知道项链是假的，但它是你给我的，是我们爱情的见证。妻子话没说完，就永远地闭上了眼睛。后来，歹徒被抓住，得到了应有的处罚，胡杨却好长一段时间都打不起精神，脑海里一直闪烁那个血淋淋的画面。

"小胡，春节快乐！辛苦啦！有事打电话。"手机响了一下，是局长发来的短信。胡杨心里一热，忙收回心思，摇下车窗，一股冷风打着旋进来了，他的头脑清醒了一下，一边开车一边留意街上有无异常情况。他打开收音机，里面一片欢乐喜庆的气氛，不是"祝你平安"，就是"常回家看看，回家看看"。放弃自己一家的团圆，换来大家的团圆，还是值得的。想到这里，胡杨的心情略略好转了一些。

忽然，胡杨的电话响了，是"110"接线员转来的：人民路新华小区B栋28号一位大爷遭人绑架，请胡杨迅速出警！

挂断电话，胡杨一踩油门，巡逻车像离弦的箭，疾驶而去。

三分钟不到，胡杨便来到新华小区大门口，他跳下车，旋风一样向里面奔去。每逢出警，胡杨就像是充足了电的蓄电池，满满的能量，浑身上下都是劲儿。来到B栋28号门口，门虚掩着，胡杨机警而又迅疾地推开门，客厅里，老父亲被绑在椅子上，胡杨林依偎在爷爷身边，一副无助的样子。

看到胡杨进来，老父亲忽然笑了："孩子，你终于回来了……没事，是我打的电话。"

父亲怎么这样坦然？不像是遭遇了不测。胡杨不敢掉以轻心，四下瞅了瞅，两只拳头紧紧攥着，在寻找隐藏在哪个角落的犯罪嫌疑人。

胡杨林奔过来，环住了他的双腿："爸爸，是爷爷让我把他拴起来的。"

"……"胡杨给搞糊涂了。不过，他的一双眼睛还在来回搜寻，像是闻到气味的警犬，一脸的警觉。

胡杨林说："爸爸，我想你了……爷爷说，我把他绑起来，你就回来了。爷爷没说谎。"说罢，胡杨林欢快地跳起来。

胡杨松了口气。

这时候，老父亲已经挣脱了胡乱绑着的绳子，说："胡杨，我们想去给你送饺子，怕找不到你，只有想了这一招。"

不知道为什么，听了父亲这话，胡杨的鼻子酸了一下，眼泪差点掉下来。

灾情发生后

消防车像脱缰的野马“呜呜”叫着在马路上横冲直撞。听着这熟悉而又刺耳的鸣叫，李正的心紧紧揪成了一团，恨不得肋生双翅飞到现场。他不断地催促道：“快！快！”驾驶员不乐意了：“再快也不能把脚伸进油箱里啊？踩到底了！”

车上的几位战友也感到李正今天有些不正常，其中一个忍不住说道：“今天是周日，那栋办公楼不会有人。”

“放屁！”李正大声嚷道。说罢，他才想起拨打“110”。他凭直觉判断，这场大火不会无缘无故发生，警方还是及早介入的好。

土地局有两栋办公楼，一栋新的，十八层高，去年刚刚竣工的；一栋老的，20世纪六七十年代的建筑，上、下两层，不知道为什么还没有拆掉。失火的是老办公楼，火是从一楼燃起的，一条条火舌和一股股烟雾交织着包围了整栋小楼。

李正他们这辆消防车是第一个到达现场的，没等车停稳，李正撞开车门，拿起一具灭火器冲向浓烟滚滚、火焰冲天的现场。等战友们反应过来，李正的身影已经消失在烟雾和火焰之中。

李正跌跌撞撞来到二楼,摸索着闯开那间办公室的门。幸好,屋内并没起火。不过,火雾如影随形,随着他扑进屋里。李正打开灭火器,一阵白色的泡沫吐出,火焰下去不少。他看到老人用自己的身躯紧紧护着一个木箱子。李正甩掉灭火器,上前去抱老人。老人喘着粗气:“别管我,先搬这个箱子!”声音苍老、果敢,不容商量。李正仅仅是停顿了半秒钟,抱起那个木箱子奔向门外,一跃而起,从楼上跳下,随即,房子也轰隆一声坍塌了。房子太老了,经不起一点风吹草动。

李正傻了!几乎同时,一条条水龙冲向火海,一个个身影随着水龙扑了过来。

李正把箱子交给及时赶到的警察,箭一般返回现场,和战友一起救人。李正的眼泪哗哗地流着,自责不已:“我该死!我该死!”直到把老人救出来,李正的手套已经磨烂,两手血肉模糊,不断地淌着血。

救护车把所有的伤员都送到了医院。

消防队员都是皮外伤,并无大碍;房子倒塌时,幸亏两根横梁成掎角之势架在了老人的头顶,老人虽然伤势轻微,但被检查出是癌症晚期。

私下里,指导员批评李正:“幸亏那个老同志没出意外,要是有个三长两短,你吃不了兜着走。”指导员有他的道理,如果老人被烧死,他们如何面对老人的家人?如何应对社会公众的舆论?

听到这话,李正眼里的泪一下子流了出来,心说老人当时要真有个好歹,他还不后悔终生?!

指导员以为李正意识到自己的错误了,缓了口气:“‘救人第一’是我们的消防原则,任何时候都不能忘记!”

李正分辩道:“别的我不知道,我只知道那个箱子比他的性命还重要!”

为了箱子里的东西,两年来,老人放弃所有的节假日,甚至大年三十还在外地调查；为了箱子里的东西，老人不顾医生和家人的劝阻，拖着病体四处奔波求证。有人曾出价100万元要那些东西，老人一口拒绝了。为了得到那些东西，老人家里失盗了三次。还有人威胁老人，扬言要他的命，老人依然我行我素……

“有什么能比性命还重要？！哼！”指导员嗤之以鼻，以为李正的脑子被大火烧糊涂了。

李正张了张嘴，没有说话。在警方没有调查清楚之前，还是少说为好。

真相终于大白：老人是土地局的纪检书记，这天到单位整理材料，有人趁机放火，打算烧死他。老人发现后脱身不得，这才打了报警电话。那个箱子装的是本单位和主管部门个别领导违法乱纪的证据。根据这些证据，国有资产免遭重大损失，个别领导干部锒铛入狱，得到了应有的处罚。

得知这个消息后，指导员心里有一种说不出的滋味，觉得该到医院看一看老人。

指导员还是迟了一步。他到医院的时候，老人刚刚咽气。指导员发现李正也在医院，此刻，他伏在老人的尸体上号啕大哭。

指导员这才知道，老人是李正的父亲。

第四辑

传家宝

回到家，娘刚蒸出一笼馍，有花卷，有菜包，有蒸馍，冒着袅袅的热气和丝丝的香气。家的味道，年的味道，一下子把春子包围了，心里的不快消失得无影无踪。

一天和一年

正月初六一大早，土豆和槐花便悄悄起床了，待一切收拾停当，天还不是十分透亮，看了看熟睡中的女儿甜甜，槐花犹豫了一下：“要不要叫醒她？”土豆没接话茬，背上行李就走。槐花见状，不舍地看了甜甜一眼，转身跟了出去。

等走出院门，槐花盯着土豆的后背，一边走一边说：“甜甜都六岁了，懂事了，咋着也得给她说一声。”

“她哭死哭活，走得了？”土豆头也没回，没好气地说。

槐花不吭声了。也是，每年他们出门，甜甜都要死死缠着槐花的腿，哭得稀里哗啦。

土豆说：“今年过年不回来，明年才回来。”

槐花还是不吭声。

土豆说：“一年时间太短……一来一回光车票就得三千多元，如果不回来，省下车票不说，还能多挣几百元。”

土豆说得倒是实情，他们村里的福全，三年都没回来了。跟家里人联系，都是通过电话。去年福全的手机上了网，通过村长的微信给老爹老娘拜年呢。村长说，当时老两口都激动得哭了。

土豆和槐花走到村口，三轮车还没来。土豆随口问槐花："东西都带齐了没？身份证也带了吗？"

槐花闻听，摸了摸口袋，说了声"糟了，身份证没带"，然后撒腿往家跑。

"回来！"土豆叫道。

槐花停下脚步，扭头看了看土豆。

"你瞧着行李。"土豆说罢，像头受惊的骡子，尥蹶子似的沿着来时的路跑回去了。

土豆跑到家，已是汗水淋漓，呼吸不匀。这时，老娘已经起床了，正在刷洗碗筷。老娘问道："咋又回来了？"

"身份证忘带了。"土豆说着，便翻箱子倒柜子地找开了。怕惊醒甜甜，也是悄无声息的。

折腾来折腾去，也没找到。土豆给槐花打手机，让她赶快滚回来。

槐花回到家，直奔床头的箱子。

土豆瞪了槐花一眼："我都翻几遍了，影儿也没有。"

"我记得回来就放那里了。"槐花小声说着，把手伸了回来，却又没地方放，一会儿拉衣袖，一会儿拽拽围巾。

这时候，甜甜已经醒了，躺在被窝里瞪大眼睛，眼珠子滚过来滚过去。

看到甜甜安静的样子，土豆想起什么似的，问甜甜："身份证是不是你拿了？"他记得年三十回来那天收拾身份证的时候，甜甜曾经问过他，问身份证是干啥用的，他说没有身份证就不能坐车，不能出门。

槐花忙过去把甜甜的被角掖了掖，抚摸着她的头发："乖，好孩子不能说瞎话，是不是你拿了？"

甜甜不吭声。

土豆瞪着甜甜，恶声恶气地说："是不是你拿了？"

甜甜哇的一声哭了。

"有话不会好好说？瞧你那样子，跟个门神似的，就不怕吓着孩子。"老娘赶过来数落土豆。

"好女儿，不哭啊，不哭啊。"槐花哄着甜甜。

"我们不打工，你吃啥喝啥啊？你不穿花衣裳啦？你不吃火腿肠啦？"土豆的声音明显低下来。

"我不穿花衣裳，我不吃火腿肠……我不想让你们打工。"甜甜哭得更厉害了。

显然，甜甜把身份证藏起来了。

老娘也过来劝甜甜："甜甜，你不是想上学吗？你爸你妈不出去打工，你就上不了学，你就背不上新书包……"

嗨，你别说，奶奶的话就是管用，甜甜一边抹着眼泪一边哽咽着说："妈妈，你们啥时候回来？"

"两……一年时间。乖，听话。"槐花看了土豆一眼，边说边给甜甜擦眼泪。

"一年时间有多长啊？"甜甜盯着槐花的脸，好像那上面有好看的花似的。

"不长……你看，一月，二月，三月，四月，五月，六月，七月，八月，九月，十月，十一月，十二月，就这么长，多快？"土豆一边说一边掰着自己的手指比画。

甜甜看了槐花一眼，槐花点了点头。甜甜这才从枕头下摸出两张身份证。

等到土豆和槐花风风火火地坐三轮车到镇上，然后搭乘公共汽车赶到火车站，不料想，外出的人太多，接连几天的票都没有了。

真是起了个五更赶了个晚集。两个人只好失望而归。晚上八点回到家，甜甜见到他们，跑步迎上前去："爸爸，妈妈，不是说一年吗？咋现在才回来？我都数了好几年了……"话没说完，甜甜眼里的泪已经流了出来。

留　余

康家的生意越做越大，经营的有饭店、棉花、布匹、食盐、军需等多个行当，利用洛河和黄河航运的便利条件，把生意做到了山东、陕西等地。可是，康百万发现，康家的摊子大了，利润倒没怎么上升。难道是里面有人捣鬼？他通过调查，发现大相公以及各个行当的相公、账房先生及小相公，都是按照他的旨意在循规蹈矩地做事，寻求利润最大化，恨不得一两纹银当成二两花，并没有投机取巧，更没有吃里爬外。原因出在哪里呢？他愁肠百结，百思不得其解。

这天后晌，康百万信步来到了神都山下，想散散心，排解一下心中的郁闷。黄河黄，河面宽阔，像一幅闪光的黄绸；洛水清，水流平静，河面如清绒的地毯。如果说黄河有男子汉的粗犷，则洛河有女子的婉约。两条河交汇后，一黄一清界线分明，绵延数里后形成一个巨大的漩涡，经过一番激烈“搏斗”，最终洛河融进了黄河里。据说，伏羲创造的八卦图就是根据这一景象画出来的。黄河里走着不少大大小小的船只，船工的号子抑扬顿挫，此起彼伏……一个头戴草帽的老汉，站在河边的树下，拿着一个大舀子——漏水的勺子（一种简易的捕鱼工具，好比厨房里的笊篱，只不过大一些而已），一动不动地盯着水面。

康百万来到老汉身边，顺势坐在河岸上，观看老汉捞鱼。

老汉看了康百万一眼，没有说话，转眼盯着水面。

康百万瞅了瞅老汉身边的鱼篓，发现鱼篓里只有两条二斤左右的黄河鲤鱼，皱着眉头问道，大叔，您啥时候来的？

老汉说，大清早就来了。

康百万不禁惊讶地问，大叔，大半天您就弄到这两条啊？黄河里的鲤鱼不是也不少吗？

你是说我捞鱼的水平很臭吗？老汉似乎不高兴了。

康百万忙说，大叔，没有，我没有那个意思。

忽然，老汉猛地一甩胳膊，舀子画了一条优美的弧线，似乎瞬间完成了下水和出水的过程。一条鱼被舀子捞着了，这条鱼不小，有三斤多重。老汉把鱼丢进了鱼篓。

康百万发现了秘密所在，忽然笑了，快嘴快舌地说，大叔，您的舀子的洞太大了，只能捞到大鱼，一斤以下的小鱼都捞不到啊。

老汉气呼呼地说，如果舀子底部没有窟窿，想“一网打尽”，大鱼小鱼都不放过，怕是一条鱼也捞不到。

为什么？康百万顺嘴问道。

老汉说，有句古话叫作“漏水的勺子才能舀到大鱼”。这是为啥？因为漏水的那些孔，不但没有影响俺们捕鱼，反倒如渔网一般，减轻了水的冲击力，捕大鱼如探囊取物。

大叔，您说的好像有一些道理。可是，像您这种捞法啥时候才能把鱼篓捞满呀？康百万感到不可思议。

老汉瞪了康百万一眼，恶狠狠地说，我不稀罕小鱼！

康百万闹了个大红脸，不明白老汉为何会发这么大的火。

话不投机，好半天两人都没有说话，康百万觉得无趣，准备起身离去。

老汉瞄了康百万一眼，像是自言自语，又像是对康百万说，如果连小鱼也不放过，天长日久，河里还会有鱼吗？不留鱼，俺们渔民日后咋生活？后世子孙咋生存？赶尽杀绝那是自掘坟墓！

“……”康百万张嘴说不出话来。仔细琢磨老汉的话，不禁对老汉肃然起敬，他的话太有哲理了。

当天晚上，康百万失眠了。留鱼？留鱼？留余？康百万如醍醐灌顶，豁然开朗，心里一下子亮堂了，兴奋得差点叫起来。

不久后，康百万召集家族会议，大刀阔斧地改变经商策略，其中最主要一条就是，做生意只赚取利润的60%，要实现一定程度上的利益均衡，保持人与社会、自然各种关系的和谐，相伴相生，正常谋利，谋正当利，适可而止。他说，留余忌尽，忌盈忌满，福不可享尽，势不可使尽，心机不可用尽，留余不但是昌家之道，也是做人之则。随后，他让当朝文状元牛瑄雕刻《留余匾》挂在客厅，作为家训让后世子孙铭记。

留耕道人《四留铭》云：“留有余，不尽之巧以还造化；留有余，不尽之禄以还朝廷；留有余，不尽之财以还百姓；留有余，不尽之福以还子孙。”盖造物忌盈，事太尽，未有不贻后悔者。高景逸所云：“临事让人一步自有余地，临财放宽一分自有余味。”推之，凡事皆然。坦园老伯以留余二字颜其堂，盖取留耕道人之铭，以示其子孙者。为题数语，并取夏峰先生训其诸子之词，以括之曰：“若辈知昌家之道乎？留余忌尽而已。”时同治辛未端月朔，愚侄牛瑄敬题。

匾中的“坦园老伯”就是时任老掌柜康坦园，是这一代的康百万。

此后，康家世世代代秉承留余思想，一直富裕了十几代。

·刁 民

胡镇长刚一上任，就蠢蠢欲动跃跃欲试，准备烧一把火，做出点政绩让大家瞧瞧，证明他姓胡的不是吃素的。地球人，不，中国人都知道，基层官员要在短时间内做出点政绩，最有效的途径就是搞“形象工程”。可是，靠山屯镇，路也修了，楼也建了，没啥折腾了。胡镇长在镇上溜达了两个来回，没想出办法，就溜达到了乡下。嗨，你别说，还真溜达出了个点子来。桃花村地处偏僻，交通不便，大部分村民住的还是老一辈人建造的窑洞、草房，但民风淳朴，山清水秀，风景秀丽。胡镇长就想让村里人整体搬迁出去，把桃花村打造成一个旅游景点。

胡镇长拍板定案后，很快就依据方案付诸行动。胡镇长没想到，桃花村的老少爷们积极响应了他的号召，大多数人家都同意搬迁出去。你想，政府把新房建到交通便利的镇上，吃水也方便，用电也方便，还多多少少给一点补偿，他们何乐而不为？但是，人上一百，形形色色。林子大了，啥鸟儿都有。村里有一个姓马的老汉，他也不是不愿搬迁，而是风言风语地发了两句牢骚，什么“咱人老几辈都在这地方住，凭啥说搬就搬？咱要不搬走，镇里还得给咱优惠条件”之类的话。

当胡镇长听说后，忙对拆迁办的主任小刘说，绕过马老汉的房子，先动员其他村民搬迁。就这样，当整个村子满目疮痍的时候，就只剩下了马老汉家的两间草房，孤零零的，很是招人眼目。小刘说，胡镇长，下一步怎么办？

胡镇长狡黠一笑，说在当地媒体上造舆论，说靠山屯镇“桃花村风景区”重点工程暂停，原因是遇到最牛“钉子户”。

小刘不解地说，胡镇长，他马老汉能牛到哪里去？强行把他的房子扒了，他能把谁的蛋给咬了？

胡镇长摇摇头，没有说话，一脸胜券在握的表情。

小刘不知道胡镇长的葫芦里卖得什么药，但还是听从胡镇长的安排，把拆迁工作停了下来。

每有上级领导来靠山屯调研，当谈起靠山屯镇重点工程“桃花村风景区”暂停的原因时，胡镇长就感慨基层的工作难做，说是遇到“钉子户”，为了搞好干群关系，不便强行拆迁。上级领导就一边同情，一边对胡镇长称赞不已，说现在像胡镇长的基层领导不多了。

这下大家都知道了最牛“钉子户”马老汉，是他影响了靠山屯的发展，一时间他成了“众矢之的”，说他什么的都有，有人说他是刁民，有人说他是“绊脚石”，等等。

马老汉也想不到自己一不留神成了“刁民”。他急了，他真急了，忙找到拆迁办的主任小刘，说他同意搬迁，啥屁话也不说啦；说再这样下去，他的人就丢尽了，只怕儿子找个媳妇都难。

小刘乐得合不拢嘴，忙把情况反馈给胡镇长。胡镇长淡淡一笑，说，别理他，再等等。

半年后，胡镇长对小刘面授机宜，说拔“钉子户”的时间到了，马老汉若有不从，可以采取强制措施。

小刘忍不住说道，胡镇长，我愚昧无知，您能不能把其中的道道儿给我说说？

胡镇长嘿嘿一笑，说现在资金到手了，工程可以继续运作了……半年前若是扒了马老汉的房子，还是没钱进行啊。若是那样，老百姓会怎么看？上级领导会怎么看？再说，咱今天才拔了“钉子户”，也说明咱的工作有多难做。

小刘恍然大悟，竖起大拇指对胡镇长说，高，实在是高！

当胡镇长和小刘带着人员和机械浩浩荡荡地开到桃花村后，才知道马老汉不知道什么时间已经搬走了。

胡镇长有一种深深的失落感，自言自语地说，怎么会是这样？

山里人

周末，我和几个朋友驱车赶往靠山屯。靠山屯有一家“农家乐”，有不少野味，除了常见的野猪肉、土鸡肉、野兔等野味之外，还有一些平时不多见的蛇类、乌龟、鹿肉什么的，诸如“柴火烧狼崽肉”“红腰豆焖乌龟”，等等。我去的次数多了，跟老板二狗熟悉，他透露说也有一部分是圈养的，哥们儿来了当然要上真的。其实他不说我也能猜个八九不离十，这年头正儿八经货真价实的东西不多，何况一个"农家乐"呢？只要客人吃嘛嘛香，吃过瘾了就行，所以我也没放在心上。

随同去的老孟，是个盖房子的，尊称房地产商，这天是他请客。刚坐下，就对二狗豪气十足地说：“先来盘鳄鱼肉。”

二狗看看这个，看看那个，为难地说：“老板，小店没有这个。”

老孟眼也不瞄二狗，啪的一声甩出鼓囊囊的钱包：“不差钱，上。”

二狗忙掏出烟来给我们散烟：“老板，这个真没有。不信您问侯老板。”

“行了老孟，有那个意思就行了……来，土鸡一只，野兔一份……”二狗拿我当救星，我不能不出面。

二狗这儿有个规矩，点菜后先交钱再上菜。我点完菜，二狗一算账，四百八十元。老孟从钱夹里捻出四张“老人头”。二狗死活不愿意，说俺是实诚人，饭菜也是实际价格，没法优惠。

老孟又抽了一张五十的，二狗还是不愿意。

我见识过二狗的较真，劝老孟：“人家也不容易，你也不差这一星半点的，给了吧。”

老孟没说话，又掏出一张十元的。

“还差二十。”二狗伸着手，很执着，“都是有本钱的，俺不能干赔本买卖。”

我看不过去，刚要掏钱，老孟见状，忙掏出一张五十的摔给二狗：“不用找了。”

二狗也不说话，又找回老孟三十元。

“太抠了，以后打死我也不来了。”老孟黑着脸。

菜一道道上来了。味道嘛，也确实不错，老孟的脸色慢慢变得红润了。

这当口来了一个十岁左右的男孩，高声叫道：“一碗鸽子面。”二狗笑眯眯地应答着，收下了男孩递过去的一张红色的钱币。

面条还没做成，男孩到门外边耍去了。我忍不住提醒二狗：“狗老板，你可看清楚了，他给你的可是冥币！”

“我知道。”二狗说罢，就把团在手里的冥币撕了。

“难道男孩的父亲是个地头蛇，惹不起？”我有点糊涂地看着二狗。

二狗淡淡一笑：“孩子得过脑膜炎，脑子不大灵醒，经常把冥币当钱使。”

老孟附和道：“都是有本钱的，咋说也不能干赔本买卖啊。”听口气，完全是在嘲讽二狗。

“他也只是买碗面，没啥。”二狗不以为然。

我由衷地说:“你这么好心,孩子真幸运。”

二狗说:“不只是我,村里凡是开店铺的都这样对他。”

这时,服务员刚好过来端菜,她说:“这个孩子是村长的。”

原来如此!我恍然大悟。

老孟放下酒杯,冷冷一笑,说:“谁说山里人老实,也会拍马屁嘛。”

二狗真是傻蛋,居然没有看出老孟的冷嘲热讽,说:“别说吃碗面条,吃俺身上的肉俺都舍得。”

想想也是的,谁让人家的爸爸是村长呢?二狗毕竟还受村长的领导嘛,这么一想,我也就释然了。

“我明白了,村长在这里挂着账……行。狗老板会做生意。”老孟一副豁然明白的样子。

“肯定这样。”在座的一个朋友同意老孟的说法。

二狗没接我们的话茬,叹口气,说:“去年秋天的一个晚上,下起大暴雨,村长进山巡视,发现刘大爷的屋子裂缝了,忙把刘大爷背出屋子。刘大爷说他的收音机还在屋里。刘大爷孤寡一人,收音机可是他宝贝。村长就放下刘大爷,刚返回屋子,轰隆一声,屋子塌了……刘大爷在屋子前跪了整整一天。”

我们几个人一下子都沉默了。

临走时,老孟不声不响甩到吧台上五张“老人头”。

“老板,已经算过账了,您是不是喝多了?”二狗不知如何是好。

“这个,那个,那孩子想吃啥你就做啥……”老孟头也不回,走出了“农家乐”。

半个月后,接到老孟的电话,邀我一起去靠山屯。老孟说,那个“农家乐”还真有点味道。

北京,南京

老歪这两天特兴奋,以致晚上都睡不着,鏊子上烙油馍似的在床上翻来覆去。有人说,睡不着就数羊,数不到一百只就睡着了,老歪连着几个晚上,都数到一万多只了还是没有一点睡意。

是啊,这事换到谁身上都淡定不了。两个孩子都在电话里说,说他一辈子没出过门,趁着现在还能走动,让他到城里逛一逛、转一转,开开眼界,见见世面,想住了就住下来。老歪到过最远的地方是镇上,赶集时去一趟,县城都没有去过。两个孩子像是商量好似的,说这几天就把车票给快递过来,让他做好准备。去就去吧,住是不会住的,玩两天还是可以的。若是犟着不去,说不定哪一天蹬腿了,会让孩子遗憾终生的。

村里人说,老歪该享清福了。可不是吗,老歪的一双儿女都成家立业了,都出息了,他还不该享福吗?

老伴走的时候,两个孩子还小,儿子六岁,女儿三岁。当时,亲戚朋友都劝老歪再找一个,说孩子没妈不行。老歪那时还是小歪,挺倔的,说啥也不找。他说,有了后妈,不一定是孩子的福气。就这样,他既当爹又当妈,一把屎一把泪地把两个孩子拉扯大,供他们上大学。两个孩子也算争气，学业完成后都留在了城里。唯一遗憾的是，两个孩子不在一个地方，儿子在北京，女儿在南京。

两个孩子还算孝顺，没少给他打钱，没少给他寄东西，电话里也没少说话。他们刚参加工作那会儿，也曾邀请老歪到城里去，尽管老歪也特想去，却一直没有成行，他怕给孩子们增加负担，现在不一样了，都有房子了，都成家了，该去看看他们。这次邀请他进城，也就是在前几天的电话里说的。

就这样，老歪睡不着了。

是北京，还是南京？这几天，村里人见了老歪，都会这样问他。不少人给他出主意，有的建议他去北京，说北京有毛主席纪念堂，有天安门城楼；有的建议他去南京，说南京有中山陵，有雨花台。

老歪呢，咧着嘴嘿嘿直乐。说实话，他也没决定好到底是上北京还是下南京。这两个孩子也真是的，说寄车票都寄车票，说不寄都不寄。

儿子在北京上班，房子买在了河北，每天上班要提前三个小时。唉，上个班就这么远，也真难为儿子了。儿子是去年结的婚，儿媳妇是日本闺女。他们举行的是集体婚礼，单位操办的。恰好老歪当时刚参加过本村的一个葬礼，按农村阴阳先生的说法，不宜再去参加婚礼，就没有去。他们也没回来过。也就是说，到目前为止，老歪没见过儿媳妇的面，不能说没见过——儿子给老歪买了个智能手机，在手机里见过，还给他拜过年呢，叽里咕噜的，像是鸟语。儿子说那是问候老爸新年好的。老歪想等到孙子出生后再过去，视频了几次也没见儿媳妇的肚子大起来，老歪也不好意思问儿子，当然，更不好意思问儿媳妇了。儿子似乎知道老歪的心思，在上次的电话里却轻松地说，他们不打算要孩子了！这还了得，不孝有三，无后为大，得去好好数落数落儿子。

这边牵挂着儿子，那边女儿也连着心。女儿在南京上的大学，女婿是她大学期间就认识的。今年五一结的婚，女婿是南京一家企业的老板。哼，老板有啥了不起，收破烂的也叫老板——去年村里来了个收破烂的，临走给了老歪一张名片，名片上写着“回收公司总经理”。女儿是旅游结的婚。老歪见过相片，女婿是个秃顶，年龄也不小了，似乎比老歪小不了多少，女儿说他是二婚。可能因为这个原因，女儿一直没把女婿领回来过。这个女婿不是外国人，是苏州人，说话也听不懂。女儿说，这个老板带来两个孩子，她自己不打算再要了。啧啧，女儿真傻，没有一个亲生的会中？都说闺女是爹娘的小棉袄，儿子指靠不了，还得依靠女儿呢。女儿过不好，也是自己的一块心病。

到底是去北京还是去南京？去北京，女儿不高兴；去南京，儿子不高兴。有了，谁的票到得早去谁那里！主意一定，老歪才想起收拾自己，去镇里洗了澡，破天荒请人搓了搓背，理了理发，刮了刮脸，还拿出新衣服让邻居家的媳妇给熨烫了一下。

过了一天，老歪收到了一个快递员送来的两个快递——两张卧铺车票——一张去南京的，一张去北京的，车票上的车次居然是同一天时间！

快递员的到来早已把左邻右舍吸引过来了，他们相互传递着火车票，眼里写满了羡慕，还一边取笑老歪：你不会分身术，看你这次去哪里！

当天晚上，老歪捧着妻子的相片喃喃自语：我是指望到时带上你去城里逛一逛，现在不可能了。我决定了，哪儿也不去，就在家守着你。说罢，老歪那沟壑纵横的脸上淌满了泪水。

去南京的车票是儿子寄来的；去北京的车票是女儿寄来的。

爸爸的模样

大军来到幼儿园门口，正好到了接送时间。他眼巴巴地瞅着大门内的一群孩子。哪个是子琪呢？都像，又都不像。别的家长跟孩子用眼神或语言打招呼，他不敢。

尽管跟家长们熟悉，把门的小保安还不忘职责，仔细验看接送卡。一位老大爷忘带接送卡了，想把孙子接走。小保安手一伸，挡住了，笑眯眯地说：“张大爷，您不是想踢我的饭碗吧？”张大爷说：“小李，我见天来接童童，你又不是不知道。”这时候，门里的一个孩子哇哇叫道：“爷爷！爷爷！”张大爷说：“小李，那就是我孙子。”那个叫小李的保安说：“我知道童童是您的孙子，您是童童的爷爷，但没卡不能接人，这是规矩。”旁边的家长有的同情张大爷，有的偏向小李，一时间，僵持不下。

大军趁机挤到保安小李面前，把手里的卡递了过去。

看到大军一身戎装，小李不敢怠慢，看了看卡，瞅了瞅大军，迟疑了一下，问道：“你是刘子琪的什么人？”

大军咧嘴一笑：“我当然是她爸爸了。”

“我怎么没有见过你？”小李盯着大军，似乎要从他脸上发现什么。

这时候,其他家长也交头接耳议论起来。大军听得出,他们对他有怀疑。

大军解释道:“我是名军人,今天回来探亲……”

小李有点同情大军了,扭头看了一眼到门里的小朋友们,说:“哪个是你的女儿?你认识吗?”

“这……”大军的脸一下子红了。说实话,让他前去相认,还不一定认识呢。上次走时,子琪才刚刚一岁。

骗子!小李一下子紧张起来:“这张卡是从哪里弄的?”

形势急转直下。大军急赤白脸地分辩道:“我女儿叫刘子琪。”

小李冷冷一笑:“这卡上明明白白写着呢,谁会不知道?”

小李的话音没落,接送的家长中有两个人晃着手里的接送卡叫道:

“我是刘子琪的爸爸。小李,你是认识我的,我每天接送。”

“小李,我是刘子琪的奶奶,你不是不知道。”

小李用敌视的眼光看着大军,说:“我们这个幼儿园叫刘子琪的就有三个,哪个是?”

大军彻底傻眼了。

那两个家长害怕大军把他们的娃子接走,忙挤到小李前面。小李认识这两位,辨认了接送卡后,就让他们把孩子领走了。

一时间,大军成了众矢之的,大家对他指指点点。

有个男家长低声说道:“我还真没见过这人。会不会是骗子?”

有个女家长回应道:“小李也真是的,打‘110’啊。”

这两个人的对话大军都听到了,他急了:“我真的是刘子琪的爸爸,她出生于2011年4月16日,到今天整整是四岁零五十天……”

这时候,幼儿园的阿姨对身边的一个小女孩说:“这是你爸爸吗?”

那个女孩摇摇头，紧紧依偎在阿姨身上，很害怕的样子。

大军当即判断出这个女孩就是子琪，他大声叫道："子琪，子琪，我是爸爸。"

不错。那个小女孩就是刘子琪。幼儿园阿姨用探寻的目光去问身边的子琪。

子琪使劲摇了摇头，急忙说："阿姨，他不是我爸爸，他不是我爸爸。"说罢，她哇的一声哭了。

幼儿园阿姨安慰子琪："子琪，你知道爸爸的样子吗？"

子琪忍住哭泣。用力点了点头，从身上掏出一张照片，说："这才是我爸爸，这才是我爸爸。"

幼儿园阿姨接过照片，不错，照片上是一个军人，跟眼前的这个军人有几分相像，她隐约记得子琪的妈妈说过，说子琪的爸爸是个军人。这位阿姨还是比较负责任的，当即用手机给子琪的妈妈打了个电话，证实大军是不是真的是子琪的爸爸。

子琪意识到了什么，忙说："阿姨，他不是我爸，他不是我爸。我妈说，这才是我爸呢，这才是我爸呢。"说罢，她夺过了相片，紧紧抱在胸前。

原来，小子琪把相片当成她爸爸了！现场瞬间安静下来。在场的人都注意到，大军的眼里充满了泪水，随时都有可能掉下来。

回到家里，大军使尽浑身解数，子琪还是不认他这个爸爸。

半夜时分，大军就又启程了——接到紧急任务，要他火速归队。

子琪每天放学回到家，都要对着客厅挂的相片看一看。她不明白，别人的爸爸都是一个活生生的人，她的爸爸怎么成了一张照片呢？若是上次回来的那个人真的是她的爸爸，怎么一直没再露面呢？难道真像妈妈说的那样，爸爸跟孙悟空一样，会七十二变？他什么时候才能变回来呢?

直到多年后,刘子琪才知道,爸爸在她四岁零五十二天的那一天,执行一项特殊任务时牺牲了。

寻 亲

桂婶把孙子萌萌送到学校，回到家发现丈夫金刚不见了。起初，以为他到村子里转悠了。等到天黑，还不见人影。桂婶这才急了。不只是亲戚朋友，左邻右舍也帮着一起寻找，找了一晚上，又接连找了许多天，方圆几十里，包括所有的水库、机井等，凡是容易出现意外的地方，都找遍了，没有蛛丝马迹，真个是活不见人、死不见尸。直到第七天，桂婶一边揪着花白的头发一边说不找了，不找了。桂婶的话没说完，眼里的泪就一滴一滴掉下来。一起生活了三十多年，即便是一只猫一只狗也会有感情的，何况是夫妻？虽说金刚是个不正常的人。

金刚的不正常是从三年前开始的。那年金刚出了车祸，幸亏没有生命危险，但是被抢救过来后，变得跟正常人不一样了，不怎么活动，坐在一个地方一坐就是半天，呆呆的、傻傻的，也不说话，别人问他话，只会简单地“嗯”“啊”，似乎哪根神经错乱了。他这个样子显然是没法干活了，儿子小桂就让桂婶在家照顾父亲，接送萌萌，自己和媳妇到城里打工去了。

说是不找了，其实桂婶一直没有放弃寻找的机会。赶集时，桂婶啥事也不干，瞪大两只眼睛，瞅瞅这里，瞅瞅那里，瞅得两眼酸疼，揉揉眼，继续瞅。她在集市上转来转去，直到天黑下来看不清人脸，才恋恋不舍地返回。遇到有外村人来村里，桂婶就上前打听；看电视时，桂婶特别留意上面打的那些寻人启事……

转眼又是六个年头，萌萌上初中了，食宿在学校，不用接送了。桂婶便到城里打工去了。那时候，她已经是六十出头的人了，谁要她？她就背个蛇皮袋，在街上捡破烂。一边捡着破烂，一边去瞅路过的每一个人。有时走一天，只顾瞅人，一个饮料瓶也没捡到。

就这样，桂婶整整捡了八年，仍然没有"捡"到自己的丈夫，她这才死了心，听从儿子的劝告，回老家了。她不回也不行，此时她已经是七十岁的人了，身子骨已经没有原来硬朗了，走上几十步就要停下来歇一歇。有一回感冒发烧起不了床，要不是房东及时把她送到医院，后果不堪设想。

忽然有一天，在城里打工的小桂给他带回来一个老头。

刹那间，桂婶的眼睛直了，这个老头太像金刚了！

小桂说，当初见到他时，他正蹲在一个垃圾堆前啃一个烂西瓜。他的头发长长的，又脏又乱，脸上也涂满了尘土……知情人说，是外地流浪来的，平时以乞讨为生。

桂婶走上前去问老人："大哥，老家哪儿的？"

老人憨憨一笑，也不说话，含糊地啊了一声。

"你是不是叫金刚？"桂婶又问一句。

老人依旧是憨憨一笑，不说话。

小桂说，他把老人领去洗了澡、理了发，越看越像爹，这才带了回来。

桂婶审问了半天，一句话也没从他嘴里掏出来。不过，他走路的样子，他傻笑的神态，跟丈夫真的是太像了。她重重地叹口气。这一叹，说明她认了。

亲戚朋友、村里的人闻讯后，先后过来看。都说，太像了，太像了。小桂的堂弟说，就是金刚叔，就是金刚叔，说罢还亲切地叫了一声。

听到这话，不知道为什么，桂婶眼里的泪不由自主地流了下来。

"桂婶，人都回来了，您哭啥呢？"

桂婶这才意识到自己流泪了，忙用袖子去擦，擦了流，流了擦，总也不是个头。

每天，桂婶给丈夫端吃端喝，伺候得很周到。闲了的时候，桂婶就跟他讲先前的点点滴滴。他依旧是憨憨的样子，任凭桂婶说什么，他都是一个样子，一种神态。桂婶呢，却不管丈夫的反应，只管顺着自己的话头往下说。

都说，要不是小桂及时把他找到，说不定早死在外边了。

直到有一天，桂婶眼看着就要咽气了，小桂跪在母亲的床前："娘，我不能再瞒您了，他、他不是俺爹……可他也太像了，我知道您心里一直放不下，所以骗了您。"

桂婶努力笑了一下，微弱地说道："桂儿，我知道他不是……我若不收留，哪里才是他的家呢？……我走了，你要好好待他，还叫他爹……老天保佑，你爹也能有人收留他……"

小桂点着头，泪如雨下。

乞丐

已经晚上十一点了，三个年轻人还没走。说是年轻人，更像是刚走出校门的大学生，说是孩子比较恰当一点。他们的头发也染得有特点，一个白，一个黄，一个棕。此时，酒不喝了，菜不吃了，在那儿慷慨激昂地喷空儿，一会儿说到伊拉克，一会儿说到汶川；一会儿说到王宝强，一会儿说到朴槿惠……好像他们无所不知、无所不能。如果让他们主宰这个世界，这个世界有可能变了样。

我最喜欢这类年轻人，他们花钱如拉稀，爽快。点菜时有别于其他顾客，点的都是本店的精品菜，吃完吃不完是另外一回事，只管点，好像他们腰包里的钱跟流水似的。就拿今天这帮小年轻来说，我心疼他们花的都是父母的血汗钱，提醒他们少点一些，不够吃了再点。这下好了，捅到马蜂窝了，“黄头发”瞪我一眼，说不差钱！“白头发”皱着眉头，说你开饭店的还怕大肚汉？我赶忙讨饶，扇自己的嘴巴，说乌嘴骡子卖了个驴价钱，吃亏就吃在嘴上。他们几个这才放过我，继续点菜。三个人，点了七道菜，一道牛肉羹。乖乖哩，他们能吃完吗？当时我还这样替他们考虑。

事实上,他们只管喝酒,只顾说话,菜几乎没动。

这时,溜进来一个乞丐,我没来得及阻拦,他直奔年轻人那一桌去了。

“黄头发”挥舞着拿烟的那只手说:“去！去！去！”

“白头发”扬起了一个空酒瓶:“滚！”

“棕头发”站起来用凳子当武器:“走,走,走,老子还不知道想找谁要钱呢。”

乞丐急慌慌地走了,嘴里嘟嘟囔囔,也不知道说的什么。

我看了一下时间,搁往常,饭店该关门了。我起身提了一壶开水,过去问三个小年轻还需不需要什么,潜台词是提醒他们该走了。

三个年轻人这才意识到时间不早了,准备撤离。

看着几个满满的盘子,我问道:“打包不?”

“打什么包?俺家又没狗喂。”“棕头发”鄙夷地说道。另外两个嘻嘻哈哈地笑了,也不知道是笑话我还是笑话他的朋友。

等到他们走出店门,我去里间拿盆子,打算出来收拾。当我从里间出来,傻眼了,一个中年人坐在那里吃起来,狼吞虎咽,像是饿极了。

中年人四五十岁的样子,穿着那种20世纪六七十年代才有的劳动布衣服。衣服已经洗得发白,还补了几个补丁。头发乱蓬蓬的,落满了尘土。不像是乞丐,看样子,像是刚从工地上干完活的工人。咳,他们这类人挣钱如吃屎,难啊。他们进店吃饭,就着茶水,一碗面足矣。有的吃不饱,再加两个烧饼。

中年人发现我在看他,停下筷子,咧着嘴,不好意思一笑:“这么多菜,不吃浪费了。”

我连忙说:“吃吧,吃吧,没事,没事。”其实,他不吃,我收拾罢也是要倒掉的。

“今天咋这么晚？”我同情地说道。

中年人说：“在工地上加班，卸了一车水泥。”说这话的时候，他的神色如中了五百万元的大奖。

这时，一个小伙子进来了，就是那个“棕头发”，看到中年人，他的脸色一下子变得苍白，失口叫道：“爸！您、您……”

中年人也吃了一惊：“宝儿，你、你还没吃饭？”

叫宝儿的“棕头发”说：“我刚跟同学吃了，手机忘拿了。”他说话的时候，嘴里喷着酒气。

我这才从盆盆碗碗的间隙里看到，桌子上有一部手机。中年人刚才也没注意到，若不然，他也不会不吭声。

中年人皱着眉头，说：“以后少喝点酒。”

宝儿找到手机应答着走了。

我目送宝儿出去，发现他鬼鬼祟祟拐进了旁边的一家歌舞厅。

中年人只顾埋头吃饭，没有发现这一幕。

我回到吧台上继续玩手机，看微信。不知道什么时候那个乞丐又进来了。中年人请他共进晚餐，他摇了摇头，固执地伸着手。

中年人叹口气，掏出一卷票子，捻出五张给了那个乞丐。

流浪汉

父亲去世后，小康就正式接管了店铺。店面不大，经营的不是金银珠宝，是相机专卖，尼康啦，佳能啦。这家伙，也贼值钱，好的，也是成千上万，甚至十几万元，不亚于一辆小汽车。

小康每天早上来到店门口，总能看到一个流浪汉蜷曲在店外边。他的年龄大约在六十岁，胳膊腿健全，不残疾，长长的头发，像是被糨子给糊住了，一绺一绺的，脸上黑一块紫一块的，好似被紫外线灼伤了的藏族同胞，身上的衣服长一片短一截的，类似时下流行的混搭，自打套在身上怕是没脱下洗过，已经看不清本来的色彩……眼下是秋天，他却穿着羽绒服，还是女式的。走得近了，还能闻到他身上散发出的那种刺鼻的味道。这个流浪汉也不傻，只要看见小康来，就知趣地走开了，走得远远的，一整天都不见他的踪影。

难道这个流浪汉打算伺机偷盗？想到这里，小康着急了。然而，媳妇正在坐月子，母亲又有病，他白天不在家，晚上总不能守在店里不回去啊？父亲活着的时候，也不是常常住在店里。有几个晚上，小康不放心，悄悄踅摸到店铺门口，每次都是看到流浪汉睡在门口，没有什么反常的行为。但老话讲,害人之心不可有,防人之心不可无。虽然不能排除怀疑,还是把他撵走的好,免得夜长梦多。

这天早上,小康来到时,流浪汉还在门口酣睡。小康也不理会,越过流浪汉,悄悄打开门,扫地时故意把尘土往他身上扫,即便这样,流浪汉还没有醒,小康就用扫帚去撩拨流浪汉的脸,他这才醒过来,讪讪着走开了。小康挥舞着扫帚,捂着嘴朝他叫道:“滚!滚得远远的。”

小康以为,他这一下,流浪汉肯定会流浪到别处了。第二天清晨,远远地,小康就看见那个流浪汉还在店铺门口,靠着防盗门,半躺半坐,悠哉悠哉的,好像自己是店老板似的,便气不打一处来,走到跟前,抬脚去踢流浪汉,同时把手里半瓶矿泉水泼到流浪汉身上,一边怒吼着“滚!滚!滚”,那架势,仿佛他跟流浪汉之间有杀父之仇、夺妻之恨。

流浪汉诧异地看着小康,他也并没有杀小康的父亲、夺小康的妻子,不明白他为什么发这么大的火。

“看什么看?你聋了吗?再不滚我揍死你!”小康把矿泉水瓶子朝流浪汉的脸上摔去。

流浪汉下意识地躲了一下,走了。

此后,小康再没见到过那个流浪汉。

大约过了半个月,小康的店铺被盗了,丢了五台索尼高档相机,每台都在一万元以上。

小康的脑海里立马出现了那个流浪汉的影子,他断定是流浪汉在报复。当警察赶到后,小康就说出了自己的直觉。

怀疑归怀疑,警察要的是证据。幸亏店铺对面有家面包房,人家在外面装了两个摄像头,有一个刚好照到小康的店门口。

警察打开监控,根据监控拍到的画面,短时间内便抓获了犯罪嫌疑人。犯罪嫌疑人交代，他早就盯上了小康家的相机专卖店，因为流浪汉的缘故，才一直没有下手。

面包房的监控录像证明了犯罪嫌疑人所言不虚。小康一边看监控一边泪流不止，小偷光顾那几次，每次来都是因为流浪汉睡在门口，他才没有得逞。有一个晚上，月黑风急，昏黄的路灯像是睁着惺忪睡眼的醉汉，街上少有行人。那个小偷又鬼鬼祟祟地出现了，拿着刀子威逼流浪汉离开。流浪汉头一低，不管不顾朝小偷身上撞去。不怕人横，就怕人不要命，这话不错。见此情形，小偷也屙稀屎了，转身逃了……

流浪汉为什么要这么做？

面包房老板的话让小康如梦初醒：小康的父亲在世时，时常买面包给流浪汉！

小康转遍了大街小巷的犄角旮旯，也没有找到那个流浪汉。

大叔，您在哪儿呢？店里清闲的时候，小康常常盯着门口自言自语。

家　训

咳，真是不当家不知柴米贵，不当官不知事儿多。钟鸣坐上县环保局局长的宝座不到一个月，才知道宝座上也有蒺藜，官不是那么好当的，有些事情不是你想象的那么容易。譬如，南岭化工厂废水排放不达标，周围村民意见很大，钟鸣调查后得知情况属实，要求南岭化工厂立即停产整改。这边刚放下电话，那边电话又响了，是县里边一个领导打来的，说南岭化工厂是县里的纳税大户，不能停产。官大一级压死人，钟鸣不能不听。当天晚上，他还接受了南岭化工厂厂长的宴请，收取了一个五万元的红包。红包现在就躺在钟鸣办公室的抽屉里，一直没动。在他看来，那红包就是个定时炸弹，不定什么时候炸响呢。他心里边乱得像一团麻，理不出个头绪。他推掉一切应酬，这个周末，就是明天，打算回老家一趟，放松放松。

电话打通了，是爹接的电话："鸣，明个儿回来？啥事？没事？别忘了，七不出门，八不回家……就这，我挂了。"爹的话音里透出一股拒人千里之外的气息。

钟鸣哭笑不得，心说我的娘哎，都啥年代了，还这么迷信。在他很小的时候，父母就没少唠叨，七不出门，八不回家。说这是老祖宗留下的话，要他铭记终生，传给下一代。长大后，钟鸣才明白，这就是他们家的家训。平时在单位，好多同事都晒他们的家训，说是晒，其实是炫耀。对于他们家的家训，钟鸣一直羞于启齿。心说老祖宗真是没文化，要制定家训也得有点档次啊。看看人家曾国藩留给后人的家训：家俭则兴，人勤则健；能勤能俭，永不贫贱；再看郑板桥的“流自己的汗，吃自己的饭，自己的事情自己干。靠天，靠地，靠祖宗，不算是好汉”；再看纪晓岚的四戒四宜：一戒晚起，二戒懒惰，三戒奢华，四戒骄傲；一宜勤读，二宜敬师，三宜爱众，四宜慎食，等等。哪一家都比自家的强啊。

钟鸣还有一点不明白，自家的家训有什么好？村里好多人咋都拿来用呢？记得邻居一位大爷是这样解释的，阴历逢“七”的日子，如初七、十七、二十七，家人是不能出远门的；阴历逢“八”的日子，如初八、十八、二十八，常年在外的人是不能回家的，要错开这个日子，否则，家里会遭不测的。至于什么根据，那位大爷也说不清。钟鸣曾问过娘，娘也闹不明白。他没敢去问爹，他自小就怕爹，有事都给娘叨咕。

钟鸣看了看日期，明天是六月初八。他想好了，不管家训那一套，回家。常回家看看不是随便唱唱就得了，要付诸行动。

第二天，钟鸣开上车直奔老家。

见到钟鸣，爹阴着脸，没有理睬他，反倒是娘，有一点小激动，更多的是不自在。

钟鸣抽出一根烟递给爹，爹看了看，没接，掏出自己的旱烟袋，吧唧一声，一团烟雾把自己核桃般的脸淹没了。

“爹……”钟鸣期期艾艾叫了一声。

“不让回来，咋回来了？”爹闷声闷气地说。

娘看了看儿子，又看了看老头子，说："鸣儿难得回来一趟，别……"

"你知道啥？！"爹横了老伴一眼。

娘不吭声了。在爹面前，娘就是老鼠遇到了猫。

钟鸣看不下去了，忍不住说道："爹，七不出门，八不回家，都是老皇历了。"

"放屁！"爹挥了下烟袋，差点打到钟鸣头上。

钟鸣吓了一跳。小时候，他没少挨过爹的烟袋。自从他考上大学，直到参加工作，爹再没有打过他。今天是怎么啦？怎么发这么大的火气？

娘瞪了老头子一眼："有话好好说，别犯驴脾气。"

钟鸣也说："爹，我有啥做得不对，您说嘛。"

爹喘着粗气，不满地瞟了钟鸣两眼，说："七不出门，八不回家，是咱家的家训。以为你知道其中的意思，看来你还是糊涂。七指的是柴、米、油、盐、酱、醋、茶七件事。在过去，办这七件事，完全靠家里的男人。就是说，你要出门可以，必须先把这七件事办好，否则，就不要出门。八指的是孝、悌、忠、信、礼、义、廉、耻这八件，是做人的根本，人生的八德。这八件事没有做好，是极不光彩的，就不要回家丢人现眼、连累家人……你想想，我为啥不让你回来。"

钟鸣恍然大悟，这才明白家训的含义，才知道他的所作所为爹都了如指掌。

爹说："当官不为民做主，不如回家卖红薯。当官就得心里有百姓，那个化工厂效益再好，若对老百姓造成危害，就得治理，就得关闭！"

钟鸣心里一下子亮堂起来，知道自己下一步该怎么做了。

传家宝

春子往火里添了两根柴，一阵噼里啪啦的声音过后，伴随着一阵火星子的飞舞，火苗比原先灿烂了，映照着父亲的脸，黑红中泛着一层光彩。春子掏出纸烟递过去。吸不惯，还是这个有劲。父亲晃了晃手里的烟袋。父亲把烟袋伸进烟包挖了满满一勺，用拇指按了按，然后歪着头就着盘旋的火焰点燃了。

村里不时传来炸响的鞭炮，年的气息越来越浓了。

过罢年，我就整整撑了40年。父亲吧嗒了一口烟，很享受地吸溜了一口。

春子低着头，怔怔的样子。

我老喽，干不动了。父亲一直看着春子，眼光里有疼爱、有欢喜、有期待。

春子瞅着升腾的火苗，没有说话。

因老家遭了大水，你老爷(曾祖父)带着一家老小落脚到这里。感念这里的人好，你老爷会些木工手艺，就自造了一条小船，摆渡，不取分文报酬。他老人家临死立下遗嘱，子孙后代义渡乡亲……父亲不像是自言自语，像是说给春子听。

春子的目光溜出门外，望着眼前缓缓流动的小河，心里生起无端的怨恨。

你老奶(曾祖母)去世时，你老爷上午忙完丧事，下午就到渡口去了……到你爷爷这一辈，他结婚那天，拜了天地后，直奔渡口……轮到我，那就多了。有一年，我下河救人，上岸后发起了高烧，在医院躺了半个月才出院。你打工没回来，我就掏了1000元雇人摆渡了半个月……说到这里，父亲的脸上有了神采，连那一道道皱纹都放出光来。

乡亲们的情啥时候才能还完，春子忍不住说道。

还不完！咋能还完呢？若是当年他们不收留你老爷，只怕早就变成孤魂野鬼了，哪会有我，更别说你了。说到这里，父亲指了指墙角的蓑衣和竹篙，说，还有外面的船，这就是咱的传家宝。从你老爷到我这一辈，先后渡坏22只木船，撑破100多根竹篙……到你这里，不能断了，还要传给我的孙子。

这有什么可骄傲和自豪的，春子又带气又带笑。他在外面打工，每月四五千元的收入，实在不愿意回来。

这时候，门外传来踢踢踏踏的凌乱的脚步声。有人过河！父亲站了起来，要去拿墙角的竹篙。

“大叔，过年了，陪你喝两盅。”随着话音，门口一暗，进来几个村民。一个个手里都不空，提溜水果，还有酒和菜肴。春子认得，其中一个是老村长。

看到春子，老村长说道：“春子也在啊，啥时间回来的？过了年不走了吧？”

不等春子说话，父亲呵呵一笑，豪气地说，不走了，不走了，该接班喽。

春子站起来给老村长打过招呼，回家了。娘还在家忙年呢。

春子的家就在渡口不远的山坡上。

回到家，娘刚蒸出一笼馍，有花卷，有菜包，有蒸馍，冒着袅袅的热气和丝丝的香气。家的味道，年的味道，一下子把春子包围了，心里的不快消失得无影无踪。

春子刚要伸手抓个花卷吃，娘拍了一下他的手，说还没敬河神呢，等会儿吃。

听说要敬河神，春子心里又生出隐隐的不快。

娘似乎知道春子的心思，说你爹让你回来就回来吧，有地，饿不死，挣那么多钱干吗？人这一辈子，名声比啥都重要。

娘，别说了，我这次回来就不走了。春子看到娘的头上一片雪白，心里动了一下。

过罢年，春子真的就接替了父亲摆起了渡。让人万万想不到的是，春子破例收取费用，一个人一次两元钱。

父亲说，你不是我的儿子。

春子说，是不是要问问我娘。

龟孙！父亲火了。你死后也不能进祖坟。

春子说，进不进咱们说了不算。

你到底要干啥？父亲强压住心头的火气。

春子说，我收钱，乡亲们就没有亏欠感了。

放屁！是咱欠乡亲们的！有好多天，父亲都不敢出门，不敢面对乡亲们。

其实，父亲的猜测和担心完全是多余的。对于春子摆渡收费，有不少村民倒还是理解的。老村长知道父亲的心思，还特意赶来安慰他，说收费是应该的，早应该收费了。

私下里，有人曾给春子算过一笔账，一个人一次两元，一船按10人计算，每天大概30个来回，每个月至少有两三万元的收入。乖乖，春子要发大财了。

父亲再出门时，明显感觉到了乡亲们的目光跟先前有很大的不同，见了面也没有过去的热乎劲了。

春子也有类似的体会，乡亲们的眼神。较之以往，少了温度，少了情谊；多了冷冰冰，多了敌意。有时当着他的面，指鸡子骂狗，话也说得难听。

报应，报应啊。父亲没少这样哀叹。儿大不由爹，父亲干生气也没办法。

一年后，村里来了一支建筑队，在小河上架起了一座桥。

没有人再坐船了。春子的小船、竹篙和蓑衣真的成了文物。有村民还幸灾乐祸的，见到春子，还假惺惺地关心，说有了桥，春子要失业了。春子淡淡一笑，没有说话，没有一点失落的样子。

当桥竣工那天，春子又到外地打工去了。

那天，父亲忍不住告诉老村长，说那座小桥是春子出资修建的。

老村长的嘴巴半天没合拢，末了说了一句，狗日的春子。

你这货咋拐弯骂我呢？父亲不愿意了。

老村长哈哈一笑，拿手捋了一下父亲的头。

狗日的春子。父亲自言自语重复了一句，然后嘿嘿呵呵地笑了，眼角里、皱纹里，都塞满了骄傲和自豪。

唐三彩

那天，康乡长到南湾村调研。村主任老贵忍不住兴奋地告诉他，说栓保的女儿梅花考上了北京大学。

对于栓保，康乡长是不陌生的。去年年关的时候，康乡长给栓保送去了一壶油、两袋面、三百元钱。可是，栓保死活不要，说他家的日子还能过得去……现在听到这个消息，康乡长自然也很高兴，说，走，咱去栓保家看看。

康乡长和老贵去的时候，梅花正坐在床边，嘤嘤地啜泣；栓保蹲在地上，不住地吧嗒着旱烟，很是无精打采。

老贵在康乡长后面悄声说道，栓保兴许正在为梅花的学费发愁呢。康乡长似乎没听到老贵的话，朗声地说，栓保，女儿考上了北大，祝贺你啊。

栓保这才发觉来客人了，忙慌乱地站了起来，讪笑着说康乡长来了。梅花别过脸去，用袖子擦拭着脸上的泪痕。

康乡长看了看，栓保家里依然空荡荡的，没有一件值钱的家当，墙角一缸咸萝卜散发出一种说臭不臭说咸不咸的味道。

老贵附在康乡长耳边说道,栓保家一年四季把咸萝卜当饭吃。

康乡长发现墙旮旯放着一个瓷罐,突然两眼一亮,说这个罐子是干什么用的?

栓保不好意思一笑,说当年腌制咸菜用的,现在嫌它有点小,就不用了。康乡长把瓷罐搬到光亮处,用手小心地擦拭了一下,惊讶地说这是宝物啊。

栓保还有老贵都眨巴着眼睛,好像不明白康乡长的话。

康乡长说,这个瓷罐不是一般的瓷罐,是唐三彩。

栓保说不可能吧,是俺爹活着的时候用两个鸡蛋在集市上换来的。

康乡长摇了摇头,接过老贵递过来的一块破布仔细地抹拭着,得意地说你们瞧瞧,这个瓷罐绝对是唐三彩。

老贵一愣一愣地,说,康乡长,你可看仔细了。

康乡长说,你们瞧瞧这瓷罐,造型古雅端庄、生动别致,彩饰新颖细腻,釉色莹润鲜亮,有一种斑斓富丽的艺术效果。

老贵说为啥叫唐三彩呢?

康乡长侃侃而谈,说这种制陶工艺是从唐朝时期开始的,采用堆贴、刻画等形式的装饰图案,同时使用红、绿、白三种釉色。经过高温烧制后,三种釉色相互交融,三彩就变成了很多的色彩,形成了有原色、复色的斑驳陆离的多种颜色。据说这种玩意儿由于在制作过程中釉质的自然下流,烧制好的唐三彩会产生许多复杂奇妙的变化。因此,没有任何两件唐三彩作品是完全一样的……所以说这是一件价值连城的宝贝。

康乡长一席话,把老贵和栓保搞得目瞪口呆,傻了一般。

栓保迟迟疑疑地说,康乡长,这个瓷罐真是宝物?

康乡长点点头。

栓保说，可是，可是，这宝物对我来说也没啥用处，也不知道有人要没有？

康乡长说这样吧，我出3万元，你卖给我如何？

栓保惊喜地说，真的？

康乡长说不骗你。

栓保就慌乱地点了点头。

老贵也松了口气，说梅花这下可以上大学喽。

第二天，当康乡长交给栓保3万元要把瓷罐抱走时，梅花红着脸说，康乡长，这个瓷罐既然是唐三彩，肯定是我家祖传的东西，所以我不想让它流落到他人手中。

康乡长眨巴着眼睛，说你这话什么意思？

梅花说康乡长，你要保存好这个瓷罐，5年后，我用4万元把它赎回？中不中？

没想到是这样，康乡长一时说不出话来。

梅花说康乡长，你要不同意，就请拿走你的钱，把瓷罐留下。

康乡长说那好，5年后你可以赎回，但不是4万元，是10万元！

梅花沉默了片刻，就使劲点了点头。

康乡长走后，栓保气急败坏地对梅花说，闺女，你是疯了还是咋的？那个破瓷罐他买走就买呗，你还赎它干啥？你当真以为那就是宝物？

梅花说爹，我找专家鉴定了，那个瓷罐就是唐三彩。

栓保说确实是我跟着你爷爷在集市上拿鸡蛋换的，怎么会是宝物呢？若真是宝物，3万元钱咱是不是卖亏了？

梅花说没有，我们还捡了一个大便宜。

栓保说那就好，赎回不赎回都中。

梅花在大学里刻苦读书，勤奋学习，由于成绩优异出类拔萃，毕业后被一家公司聘为副总，年薪20万元。在老贵的带领下，梅花开着小轿车带着10万元辗转找到了康乡长。这时候，康乡长已经成了康书记。

康书记又惊又喜。他抱出那个瓷罐说，闺女，实话跟你说，这是一个很普通的瓷罐。

梅花一点也不感到惊讶，说，谢谢您康书记。我当初就知道是个很普通的瓷罐。

康书记很是意外，说，那你为何还要赎回去？

梅花说做人得讲良心……当年要不是您出手相帮，我不可能有今天。

老贵有点明白又有点糊涂，说康书记，既然您知道是假的唐三彩，为啥当年提出要让梅花拿10万元来赎回？

梅花抢先插话说，老贵叔，康书记一是不想让我赎回这个假的唐三彩；二也是在逼我学业有成，干出一番事业啊。

康书记点了点头，欣慰地说，梅花，我只能拿回属于我的3万元。

梅花感到为难，看到身边的老贵，眼睛一亮，说，康书记，剩余的7万元我捐给村里。

中，中，中。康书记竖起了大拇指。

老贵高兴得搓着两手，不知如何是好。

梅花笑了，一张笑脸如同盛开的梅花。

麦子的馨香

夜深了，“咕咕”“咕咕”，布谷鸟的叫声清脆、响亮。听着布谷鸟的叫声，还有手机微信的提示音，躺在床上的槐花心里越发毛躁，怎么也平静不下来。

下午，她给幸福打电话，问他能否先把她家的麦子收了。去年，幸福弄了台联合收割机，幸福就一下子成了村里的红人。每到麦收时节，老少爷们就像早朝时大臣给皇帝请安似的去巴结他。老话讲，麦熟一晌，蚕老一霎；紧种庄稼，消停买卖。麦子还是早收割的好，若是下雨，就糟糕了。

接到槐花的电话，幸福没往正题上说，要槐花晚上去给他熨烫衣服，说过几天他要相亲呢。槐花猜测，熨烫衣服可能是幸福的潜台词，他嘻嘻哈哈的，好像装着一肚子坏水。可是，她要是不去，怕是再有十天也轮不到她家，到那时，只怕地里的麦子都炸了。若是人工割，她怀着身孕，天热得像下了火，实在不便。去？不去？说不定真是自己小肚鸡肠了，人家幸福狗屁想法也没有，真的是让自己去熨衣服。想到这里，槐花就从床上爬起来，刚要去拉灯，忽然隔窗看到篱笆院门口蹲着一个人,明晃晃的月光下,槐花睁大眼睛,瞅出那个人好像是大顺!

大顺是槐花的男人,在城里打工。难道是他回来了?槐花又惊又喜,刚要叫出声来,忙捂住了嘴巴。之前,大顺打电话说要回来收割麦子,槐花拒绝了,说一来一回一千多块,三亩多麦子也值不了多少钱,不划算。大顺说我想你了嘛。槐花说,想我了收秋滚回来。若是大顺回来,他能不打电话?到家了,怎么不叫门呢?莫不是他知道自己要去找幸福,故意蹲点守候的?想想,不像;看看那团模糊的影子,也不像。难道是幸福?那可怎么办?不行,自己不能叫,更不能开门,不能做对不起大顺的事。想到这里,槐花悄悄关上窗户,和衣躺下了。她打开微信,看到幸福发来的一连串问号,槐花没犹豫,打出一个句号,然后关机了。

布谷鸟依然"咕咕"地叫着,槐花像听着催眠曲似的进入了梦乡。

第二天早上起来,槐花打开门,门口那团黑影不见了,她松了口气,顾不上弄早饭,就拿上镰刀去麦地,割麦天得趁早,等到日头爬出来,地里就站不住人了。半路上,槐花忽然接到幸福的电话:"大顺都回来割麦了,还让我割啥?要猴咋的?!"不等槐花回话,幸福就挂断了电话。

啥?大顺在地里割麦?莫非昨晚的黑影真的是大顺?想到这里,槐花就加快了脚步。

是大顺!他弯着腰撅着屁股,挥舞着镰刀,唰,一把,唰,又是一把。等到怀里的麦子搂不住了,转身放到麦子连接的腰子上,回头继续唰唰唰地收割。麦子已经躺倒一大片——他半夜就来割了,不然割不了这么多。

"大顺!"

听到槐花的叫声,大顺循声转过身来,拿手捋了一把额头上的汗珠甩出去，说：“槐花，饭做好了吗？”

“你回来了也不放个屁？”槐花的话里带着笑含着恼。

“不是想给你个惊喜嘛。”大顺解开上衣的扣子，用衣襟扇着风。

“你半夜回来咋不进家？”槐花走到跟前，才悄声说出了心中的疑惑。

大顺盯着槐花微微隆起的肚子，也放低了音量：“傻瓜，我大半夜敲门不惊了你和宝宝的瞌睡吗？半夜割麦凉快，比白天出活。”

槐花心里一热，倒想不起说什么。

大顺说：“刚才幸福来了，我说这点麦子我加加班，一天就解决了。再说，庄稼嘛，还是经经手吃起来才香甜。”

“麦子值不了几个钱，你来来回回折腾……”话虽如此说，槐花心里还是挺甜蜜的。

大顺打断槐花的话，说：“麦子有价，亲情无价。”

槐花眼里汪着的泪再也藏不住，珠子似的一粒一粒滚出来。

“你看，你看，眼泪就这么不值钱？”大顺走过来，要去给槐花擦眼泪，槐花就势抱住了他。

一阵微风吹来，那些还没割倒的麦子随风摇曳，麦子挤挤扛扛的，发出沙沙的声音，似乎在笑话眼前这对小夫妻呢。五月的暖风荡漾起来，那种麦子独有的成熟的香味一下子弥漫在天地间，到处都是香馥馥的。不知道躲在哪个角落的布谷鸟，还在“咕咕”“咕咕”“咕咕”地唱着，那是丰收的歌谣、欢乐的歌谣、幸福的歌谣。

警匪游戏

春节期间，小童一家人玩“警匪游戏”（又称“杀人游戏”）。“警匪游戏”是一种适合多人玩的益智类游戏，有多种版本的玩法。小童和妹妹还小，他们玩的是那种简单易学的“天黑请闭眼”，算是初级版吧。

小童一家6口人，爷爷、奶奶、爸爸、妈妈、妹妹和自己，这天表哥也在，一共7个人参与了“警匪游戏”。表哥担任法官。由于人数少，警察、杀手和良民各设置两个。他们玩的是纸牌，规定抽到K的为杀手，王为警察，普通牌为良民。

有一局，小童和妹妹都抽到了K，就是说他们两个是杀手。第一轮挑选杀人目标时，小童眨巴着眼睛，看看这个，瞧瞧那个，最后指了指自己，妹妹比小童小一岁，啥事都听哥哥的，这次也不例外，就合伙把哥哥“杀”了。

睁开眼睛后，得知杀手把自己解决了，大家都哄堂大笑，笑小童真是个孩子，不会玩。小童才8岁，刚上小学二年级。

表哥说，小童，杀手就是杀别人的，你怎么把自己杀了？

小童没有笑，眨巴着眼睛，说他们都是我的亲人，我不忍心杀。

表哥捋了一下小童的头，说傻孩子，这是游戏，又不是真杀。

还有一局，小童被凶手“杀”了，让他发表遗言指认凶手时，他竟指着表哥，言之凿凿地说，是你杀了我。

表哥哭笑不得，说我是法官，不是凶手啊，凶手在他们中间。说罢指了指周围几个人。

小童摇了摇头，说他们都是我的亲人，怎么可能杀我呢？

就这样，因为小童的天真，失去了游戏原有的快乐和趣味，他们玩了几局后便不玩了。

不过，游戏之后，小童的爸爸妈妈心里触动比较大，私下商量说，小童这孩子太善良了，咱们一定多挣钱，让孩子生活得幸福一些、快乐一些。过罢年，两个人就坐上南下的火车，加入了打工的队伍。

等到爸爸妈妈从南方回来，已经是6年之后，小童都已经上初一了。

早上吃罢饺子，表哥也过来了，在他的提议下，又开始玩“警匪游戏”。跟上次一样，表哥担任法官。

第一局，小童和妹妹抽到了K，挑选杀人目标时，小童和妹妹不约而同把手势指向了爸爸。

其实爸爸这一轮是“警察”身份，结果一上去就被“杀”了，退出游戏。另一个“警察”是奶奶，她怀疑“凶手”是小童的妈妈，没有理由，只是感觉。奶奶的怀疑得到法官的否定，但小童的妈妈最后还是高票“当选”“杀手”。在接下来的陈述过程中，小童和妹妹虽说不出什么理由，却一致认定“凶手”就是妈妈；爷爷呢，不知道怎么回事，也跟风判定小童的妈妈是凶手。小童的妈妈有口难辩，感到冤枉死了，因为她是大大的“良民”。这样一来，法官不得不根据众人的意愿把小童的妈妈“处决”了。

游戏结束后，表哥随口对小童和妹妹说："你们这对白眼狼，过年爸妈给你们买了那么多好吃的好玩的，为啥要杀死他们呢？"

小童看了看爸爸，又看了看妈妈，迟疑了一下，然后嗫嚅道："他们回来那天，我几乎都没认出来……这些年他们去哪儿了？我和妹妹恨死他们了！"

小童的妹妹没有说话，但，用力点了点头。

过罢年，小童的爸爸和妈妈没有外出打工。

猴 精

侯乡长到任后，推掉一切迎来送往，把所有的材料报表搁置一边，带上秘书小吴到各村调研。当他来到龙湾村后，看到村民们还没脱贫，住的还是茅草房，吃的还是腌萝卜，心里就很不是滋味。村主任老周也早从其他渠道得知侯乡长是个干事的人，忙不失时机地哭穷，说侯乡长，都改革开放这么多年了，俺村还是闺女穿她娘的鞋——老样子，你得给想个法子啊。

那是，当官不为民做主，不如回家卖红薯。侯乡长笑了笑，看着一望无际绿油油的麦田，换了一下口气说，大家一起想办法。咱龙湾村一马平川，不能说没有优势。不能老是种传统农作物，可以搞点其他的嘛。

老周说，侯乡长，村里的老少爷们儿不是没想过办法，关键是妮儿穿她娘的鞋——钱（前）紧嘛。

侯乡长敛起笑容，点了点头。

老周想了想，斗胆说道，侯乡长，您看，能不能给俺村弄点资金？

没等侯乡长说话，小吴插嘴说，咱乡底子薄，财政上还是赤字，外面塌了不少账，银行对咱们也不感冒，想贷款几乎不可能。

那、那……老周一脸失望,那样子像是饿得饥肠辘辘的人捡到一个烧饼,仔细一看,原来是画在纸上的。

常言说,要想富,先修路。老周,咱就先把路修修？侯乡长眉毛一扬,不错眼珠地盯着老周。

老周张了张嘴,嗫嚅道,侯乡长,村里不有路吗？

在耕地上修路,东西一条,南北一条,双向六车道……等到路打通再说上项目的事。侯乡长指了指眼前的麦田,似乎很有信心。

老周看着侯乡长的脸,小心翼翼地说道,侯乡长,村里一分钱没有,咋个修法儿？

侯乡长,乡里也没钱啊,怎么修路？小吴也紧接着说道。新官上任三把火。他担心侯乡长脑子一热不顾一切。

侯乡长信心十足地说,这个不用管,我自有办法。

侯乡长,将来打算上啥项目？老周虽然不明白,但心里还是松了口气,他知道侯乡长肯定为龙湾村规划好了,要不然绝不会贸然提出修路。

我还没想好,不过,建工厂或是搞房地产,也不是没有可能……你要保密,不能乱说。现在的老百姓,猴精猴精的,不得不防啊。侯乡长说罢,对老周挤了下眼睛。

侯乡长是个雷厉风行的人,隔了两天就派人到龙湾村规划线路,一望无际的麦田里,麦苗刚露出头,几道石灰线很是显眼。

这下子,龙湾村热闹了。

村里的老少爷们儿也不傻,看到耕地被圈了起来,知道政府要修路,忙聚在一起商量。有的说弄大棚,有的说种树,有的说建厂子……经过权衡利弊,最后决定种树,种果树。主意一定,于是,不分白天黑夜纷纷行动起来,都把多年的积蓄拿出来,又借贷了一部分,派出几个人去邻县的果树培育基地采购了几货车果树，有核桃，有苹果，有鸭梨……随后，开始在自家的田地上挖坑栽树。这些村民们知道，乡里要修路，就得刨树；要刨树，就得给村民补偿！否则，就不同意乡里修路。

刚开始，是那些土地即将被占用的村民种果树。后来，那些土地没被占用的村民也种上了果树，因为路一旦修通，接下来就该规划他们的土地了。呵呵，短短半个月，龙湾村的土地上都种上了果树。真应了侯乡长的话，现在的老百姓头脑不简单啊。

侯乡长得知消息，亲自到龙湾村查看。当他看到一片片果林如雨后春笋般立在龙湾村，一下子惊呆了！

老周不敢看侯乡长，也不知道该如何解释。

哼！侯乡长从鼻孔哼了一声，对老周说，没事的，村民们只是做个样子，要不了多久，这些果树就干枯了……到那时再修路吧。

当然，老周还是跟村民贴心，把侯乡长的话复制粘贴给了村民们。

村民们不敢怠慢，为了得到更多的补偿，精心伺候那些果苗，浇水、施肥、打药，很是精心。

两年……乡里一直没提修路的事。

从第三年开始，龙湾村的果树开始开花、挂果了。村民们不敢怠慢，日夜守护，该浇水浇水，该施肥施肥，该打药打药。用老周的话说，比待自己的儿孙还用心。

城里的水果贩子得知消息后，趁着果子没成熟，就来订购了包销合同。

等到那些大车小车来拉水果的时候，侯乡长来了。看着一筐筐苹果、鸭梨被装上了车……他的脸上掠过一丝不易被察觉的微笑。

侯乡长，啥时间修路啊？老周又旧事重提。

侯乡长呵呵一笑，说老周，现在还用再修路吗？把这些果树砍了乡亲们还不把我骂死啊？说罢，他抓起一个苹果，咔嚓啃了一口，津津有味地吃着。

你看，你看，我真是老糊涂了！老周愣了愣，然后拍打了一下自己的脑袋。

警察老谭

等到老谭被惊醒，才看清公交车内的危急情形，五个戴着墨镜的壮汉，手里都拿着尖刀。一个壮汉站在司机身边，其他四名面对车厢，把玩着手中的刀子。车上的十几名乘客吓得面如土色，瑟瑟发抖。抢劫！这是老谭的第一反应，他下意识地攥了攥拳头，差点要站起来。

老谭瞥了一眼窗外，发觉公共汽车正行驶在开往乡下的偏僻山路上。

一个手腕上戴着桃木手链的高个子男人好像是个头目，沉声叫道："老子只要钱，不要命。快点，都把钱掏出来！"他的声音不大，却透露出一种霸道和一股杀气。

老谭想摸出手机报警，发觉根本不可能，因为这个高个子男人就站在他眼前，刚才说话的唾沫已经飞溅到了他的脸上。指望外援是不行了，必须自救。

乘客没有一个站起来或者说话。老谭稍稍扭了一下脸，发觉大家都把目光投向他这里。他忽然明白过来，他今天穿着警服。昨晚查阅案件，熬到凌晨一点才和衣躺下，早上起来匆忙洗罢脸就出门了，连早饭也没顾上吃，就上了公共汽车，他今天要到乡下调查与案件相关的一个事情。由于疲劳，他一坐上车就睡了过去。

高个子男人显然早就注意到了老谭，他拨弄着手里闪着寒光的尖刀，嘲弄般地笑了笑，盯着老谭说："哥们儿，老老实实的，最好不要动手。"

老谭注意到，车上除了两个年轻的恋人外，其余的都是老人和孩子，只有自己是个警察，是个年轻的警察。

"想动手就试试。"高个子男人把刀尖指着老谭的鼻子。

老谭没有理会。他发现左前方一个八九岁的孩子正一眨不眨地看着自己。老谭想，这个孩子不是在为我担心，他肯定在看着我如何制服这个歹徒。

高个子男人忽然脸色一变，恶狠狠地对老谭说："快对他们说，主动把钱交出来，别把老子惹急了。"

车上的乘客都盯着老谭，似乎等他说话。大家的目光里除了惊恐外，更多的是期待。在这种时候，大家当然把希望放在他这里。似乎有警察在场，一切都可以化险为夷、平安无事。

高个子男人好像预感到了不妙，猛地揪起前面那个孩子的头发，把尖刀对着他的脖子，厉声对老谭说："快点，不然就杀了他！"

那个孩子冲着老谭失声叫道："叔叔救我！叔叔救我！"

老谭忽然起身，以迅雷不及掩耳之势，一手去抓高个子男人拿刀的手腕，同时抬起一脚蹬在这个汉子的一条腿上。几乎在同时，另外四个歹徒挥舞着尖刀迅疾围了过来。尽管老谭有几下，但是，一拳难敌四掌，老谭不断被尖刀刺上。衣服划破了，鲜血汩汩流出来。老谭忍住疼痛，拳脚并用……

看到歹徒的刀扎进了老谭的身上，有几个乘客也纷纷站了起来，赤手与歹徒搏斗……

老谭倒在了血泊里，四名乘客也被刺成重伤。五名歹徒把钱财洗劫一空后仓皇而去。

在医院，老谭被抢救了三天两夜终于苏醒了。老谭得知，一名乘客没有抢救过来，其他三名转危为安。

一时间，各级媒体接二连三地报道，各个单位三番五次地学习。毋庸置疑，老谭成了英雄。

当老谭出院后，他向单位递交了转业申请。

领导再三挽留，无奈老谭去意已决，只好摇摇头，叹息一声，在转业申请上签了字。

有好事的记者感到奇怪："谭警官，你现在成英雄了，该享受英雄给你带来的各种福利待遇，为什么选择离开呢？你差点把命搭上，这是图什么呢？"

"我不配当英雄。我不配当警察。其实，我那天不该站出来……"老谭重重叹了口气，似乎有点自责和后悔。

"你，难道你害怕了？"

"我不害怕。但是，在那种时候，最好的办法就是保持冷静，让乘客把钱财交给歹徒。只有这样，才能保证乘客的人身安全，假设不是我逞能，那位乘客不可能死去。"老谭艰难地说罢，眼角滚出了泪水。

媒体报道时，隐去了这段话。

没多久，老谭离开了小城。没有人知道他去干什么了，包括他的家人。

·到周庄看妈妈

燕子上高中那年，大卫带上丽娟去周庄旅游了。半个月后，大卫独自一人回来了。他告诉燕子，说妈妈在周庄找了一份工作，不回来了。

“周庄？这么远啊。”燕子噘着嘴，嘟嘟囔囔的，很不乐意。

大卫说：“因为你妈妈喜欢周庄，喜欢周庄的小桥，喜欢周庄的河水，喜欢周庄的夜晚……”忽然间，大卫哽咽着说不下去了。

燕子察觉到了大卫的异样：“爸爸，你怎么哭啦？是不是妈妈抛弃我们了？”

大卫强颜欢笑：“瞎说！你妈妈离咱这么远，我能高兴得起来吗？她这一走，我得做饭，得洗衣，得照顾你啊傻瓜。”

“那就让妈妈回来，我现在就给她打电话。”燕子拿出手机拨打妈妈的电话。妈妈没有接电话，随后发了一条短信过来：燕子，我正在工作，一是不方便接电话；二是长途电话很贵的，以后有事发短信好吗？要学会节省，你爸爸赚钱不容易。你要听爸爸的话，好好学习。

燕子回了短信：妈妈，我会听爸爸的话的。你在那边干什么工作？累不累？

妈妈的短信:我的工作不累,在周庄的水里撑船,让那些游客欣赏周庄的美景。

燕子知道妈妈很早就向往周庄,这下如她所愿了。燕子给妈妈发了短信:这工作太好了。妈妈,你什么时间回来啊?

妈妈的短信:燕子,你要好好学习,等你考上大学后,再来周庄看我好吗? 三年时间,很快的。

燕子怔了一下,然后回复了短信:妈妈,我一定能考上大学,一定去周庄看您!

到了学校后,燕子把心思都放在了学习上,成绩在班上一直名列前茅。到了周末休息的时候,才用短信给妈妈汇报一周来的学习和生活情况。

妈妈也没少给燕子发短信。在短信里,除了表扬,还有鼓励,要她多吃蔬菜、水果,晚上早点休息。别惹爸爸生气。等等。

深秋的时候,燕子收到妈妈寄来的一件手工编织的毛衣。

到了冬天,燕子收到妈妈寄来的一床蚕丝被。

春去春来,花开花谢。

三年后,燕子很顺利地考上了一所大学。

接到大学录取通知书那天,燕子缠着大卫要去周庄。

大卫知道燕子的心思,答应了。

到了周庄,天色将晚,燕子一下子被周庄的景色给迷住了:小巧玲珑的周庄,桥街相连,依河筑屋,河边垂柳依依。脚边是静静流淌的河水,偶尔有小船悠悠划过……

"这才是小桥流水人家!"燕子禁不住叫道,她忽然发现爸爸望着河水,一脸凝重,像是有满腹的心事,"爸爸,你怎么啦? 是不是想妈妈了？”

“你妈妈……”大卫支支吾吾没有说下去。

燕子嫣然一笑，说：“爸爸，妈妈已经给我回短信了，她在双桥下的船上等我们。”

“这……”大卫迟疑了一下。

“别磨磨蹭蹭的，走吧。”燕子不由分说，挽起大卫的胳膊就往双桥那儿走去。

夜色徐徐降临。喧闹了一天的周庄渐渐地恢复了宁静和安谧。临街屋檐下红灯笼闪闪烁烁地亮起来。随着灯笼的晃动，那些灯光也随之摇曳。河水是幽幽的，微波荡漾，泛着点点光亮，不知深与浅、不辨清与浊、不晓冷与暖，一切都是影影绰绰、朦朦胧胧的，给人以神秘之感。垂柳下弯出一只小篷船，没有一丝声响，没有一星光亮，悄然向前划动。到了前方不远处，船上的灯蓦然亮起，平添几分夜的神韵。有江南丝竹声和苏州评弹的琵琶叮咚声从沿河人家的窗户里飘出，不由得使人为之陶醉，恍惚间似乎到了“雾失楼台，月迷津渡”的意境之中。

双桥到了。桥洞里镶嵌着数盏彩灯，灯光映入河面，把两座千年古桥的倒影齐刷刷地映在河面上。岸边垂柳的阴影下停靠着一只小小的古船，船上站着一个女人，看不清她的脸庞。

大卫放慢了脚步。

燕子丢下爸爸，跳上了船：“您就是菁菁阿姨吧？谢谢您！”说罢给那个女人深深地鞠了一躬。

燕子的举动把大卫和那个女人给搞糊涂了，他们异口同声地叫道：“燕子——”

燕子笑了笑，说：“菁菁阿姨，一年前，我偶然看到了爸爸的日记，知道三年前妈妈得了绝症，爸爸带她来周庄游玩。想不到，在周庄妈妈病情突然恶化，再也没抢救过来……爸爸觉得天塌地陷，连死的心思都有了。菁菁阿姨，是您开导爸爸，是您保存了妈妈的手机……”说到这里，燕子已经泣不成声了。

那个女人，不，菁菁上前把燕子抱在了怀里。

大卫长长叹了口气，好像一下子轻松了许多。

燕子忽然扬起头，动情地说：“菁菁阿姨，我可以叫您妈妈吗？爸爸的日记里，除了思念妈妈，还有就是经常念叨您。”

菁菁侧脸看着大卫。

大卫使劲点了点头。

燕子再去看菁菁，菁菁抿嘴一笑，也点了点头。

大卫跳上船，与她们两个紧紧拥抱在一起。

古桥，小船，河水，灯笼，垂柳，三人拥抱的剪影，组成了一幅绝妙的图画。

捡来的家

老高并不老，只有三十出头，他不修边幅，冷不丁一看，像是四五十岁的人，因此人们都叫他老高。老高是从农村来的。他是个孤儿，三十多岁才娶了个寡妇，寡妇来的时候还带着一个十岁的女儿。老高老实，除了种庄稼，不会挣钱，结婚不到两年，老婆就带上女儿远走高飞了。老高一气之下来到城里，在郊区那儿租了一间房子，背起蛇皮袋，捡起了破烂。后来有了积蓄，便鸟枪换炮，弄了辆人力车收购废品。

老高实在，不会缺斤少两，价格也公平，这样一来，特别是那些老头老太太，都会把家里的破烂留给老高，或者说专门等着他去收购。有了固定的客户和货源，老高每年也能赚个三四万元，不比普通上班族少。

这样捣鼓了几年，老高在郊区买了一套二手房，顶层，老房子，家里有现成的家具，他简单打扫一下就住了进去。

有一天，老高捡到一个三个月大的弃婴，男孩。当时围观了不少人，议论纷纷的。老高从人们的言谈中得知，这个婴儿是个兔唇。亲生父母都不要，谁还要？听着婴儿嘶哑的哭声，老高二话没说，就把这个婴儿抱走了。

这下子，够老高忙活了，一会儿给儿子换尿片，一会儿给儿子喂奶粉……过了半个月吧，老高就在人力车上用旧棉被弄了个窝，带上儿子，挨街串巷地收购废品。

张大嫂是和平小区的保洁工，丈夫出车祸走了，儿子在外上学，现在也是孤身一人。也许是同病相怜，她关心老高多一些，说是关心，无非是把丈夫之前的衣服送给了老高，有时拉呱几句闲话而已。就这样，老高已经感激不尽了。她问老高，说你不知道这孩子有缺陷？老高说，好歹是一条命啊。张大嫂叹口气，说你这是图啥哩？老高吭哧半天，才迸出一句，说，家里边有了哭闹声，有了孩子的屎尿味，才像个家的样子。

和平小区门口有个垃圾箱，老高赶到的时候，总能在垃圾箱外边捡到一些小孩子衣服、玩具，还有学步车。刚开始，老高以为是小区的居民丢弃的。时间长了，老高才明白是张大嫂故意丢给他的，有的衣服还没拆封，新崭崭的，看样子是张大嫂买的。老高要给钱，张大嫂不要，说这是破烂，又不是我的东西，你给啥子钱？老高想不起反驳的话，只是嘿嘿呵呵地傻笑。看到老高这个样子，张大嫂转过身，抿着嘴乐了。

别看老高没文化，却给这个孩子起了个很有文化的名字——高兴。

高兴两三岁时，老高就把他丢在家里，让他自己玩去。高兴知道爸爸是个捡破烂的，家里的好多东西是爸爸捡来的，电视机、冰箱、玩具手枪、身上穿的衣服，好多啦。有一次，儿子问老高："爸爸，垃圾箱里什么东西都有啊？"老高点了点头："可不是哩，你也是我从垃圾堆里捡来的。"

这天傍晚，老高打开屋门，不像往常那样，儿子一边叫着一边扑到自己身上，他挨个屋子看了看，才发现儿子没在家。

自己又不是大款，被人绑架的可能性不大，肯定是儿子自个儿跑出去玩了。往常，也有过类似的情况。不过，儿子都是在楼道门口玩耍，不会走远的。

老高急匆匆跑到楼下，在门口转了几个来回，没有见到儿子。一时间，老高急出了满头的汗。就在他一筹莫展的时候，接到了张大嫂的电话，说高兴在她那儿。

老高松了口气。随后，他破天荒打的赶到了和平小区。

张大嫂说，她准备下班时，在垃圾箱那儿见到了高兴。

老高气呼呼地瞪着儿子，你来这里干啥？

高兴看着爸爸的样子，咧了一下嘴，哭出声来。

你看你！张大嫂不满地翻了老高一眼，然后给高兴擦拭眼泪："孩子，别哭，别哭。"

高兴忍住哭声，但嘴还是一撇一撇的，挺委屈的样子。

张大嫂揽过高兴，别过脸："你知道吗？高兴他、他想捡个妈妈。"

老高一下子愣住了，心里满满的，眼里差点落下泪来："真是个傻孩子。"

高兴说："爸，姨姨说，只要您愿意，她就到咱家来。"

老高心里嗵嗵直跳，有点不知所措了。他偷偷看了一眼张大嫂，忽然间发现，路灯下，张大嫂的脸蛋是那样的红润、那样的美丽。

老家旧事

在我农村老家，有好多事情解释不清。如谁家的孩子磕了碰了或是摔了，吓得哇哇直哭，夜里还常抽搐，通常是家人拿上孩子穿过的衣服赶到出事地点，一边挥舞着衣服一边呼喊孩子的名字。假若孩子叫狗蛋，则会这样叫喊："狗蛋，回家穿花袄哩。狗蛋，回家穿花袄哩……"如此叫上一阵，孩子就会很快好起来，称之为"叫魂"；再譬如，哪个有个头疼脑热，也不去看医生，到山上的庙里，在供桌上放一张巴掌大小的纸，然后跪在地上磕两个头，给神灵念叨念叨自己的病情和苦处，最后爬起来，把那张纸包好（其实里面什么也没有，若是有，也是庙宇里落下的灰尘），回到家把纸里的东西当作"药"，佯装倒进嘴里，喝上两口水顺到肚里，病就会痊愈，这个做法唤作"拜药"，等等，类似的稀奇古怪事，多着呢。

记得我三四岁的时候，邻居小蛋跟我一般大，我们俩是跳蚤不离虱子，常在一起玩。有一阵子，有一两年的时间，小蛋的"天眼"开了，能看到常人看不到的东西。

小蛋的爷爷是我们村里年龄最大的，有一百多岁了，几乎村里大多数人都叫他爷爷，我叫他老爷爷。他说过，人来到世上，要干好事，不能干坏事。我小时候，初生牛犊不怕虎，别人不敢质疑他，我敢质疑他。我说：“老爷爷，为啥？”老爷爷捋着胡子呵呵一笑，说，干好事，头上会发光，干的好事越多，头上的光越多，妖魔鬼怪看见了就害怕，就不敢吃他，他就能长命百岁。若是干了坏事，头上会冒烟，干的坏事越多，冒的烟越多，妖魔鬼怪见了，以为是怪物，就把他给吃了。

小蛋的爹——文玉，论辈分我该叫他叔，他是生产队的队长，掌管着大伙儿的吃喝拉撒。有一天，我在他家院子里和小蛋玩泥巴。好像是后半晌，文玉叔从外边回来了，喝得晃晃悠悠的，随时都有可能倒下。

小蛋看着文玉叔，忽然说道：“爹，你头上冒烟了。”

文玉叔以为头上着火了，忙用手胡乱抓擦。

我看了半天，也没有发现哪里冒烟了，心说小蛋咋连你爹也骗呢？

当时，老爷爷也在院子的一把破藤椅上躺着，用烟袋锅指着文玉叔：“说，是不是没干好事？”

文玉叔吓坏了，酒似乎也醒了，忙说：“栓柱手头有点紧，想上山砍一棵树，他请我吃酒，我、我……”

没等文玉叔把话说完，老爷爷把烟袋甩了过去，文玉叔头一偏，烟袋飞走了。

老爷爷说：“山林是公家的资产，谁也不能胡来！”说罢，好一通咳嗽，一张老脸憋得通红。

“是，是，是。”文玉叔忙不迭地答应。

老爷爷说：“你头上冒烟多了，命都保不住。”

“爹，我再也不敢了。”

后来，小蛋没再看到文玉叔头上冒烟，反而好几次看到他头上发光。大人们都说，很灵验的。因为这几次都是文玉叔干了好事之后出现的事，就连他给孤寡老人大毛爷挑了两担水，回到家，小蛋都看到了他头上发光。

那段时间，搞得村里的人都不敢出门，真害怕小蛋说他（她）头上冒烟了。

当然，小蛋还能看到其他东西。有一次，他对花花说："我看到你爷爷了，在你家院子里转悠呢。"花花的爷爷死去好多年了。花花很害怕，回家告诉她娘。她娘害怕得不行，忙带上供品去给花花的爷爷烧香磕头，自从花花爹去世后，她从没有去给花花爷爷上过坟。

总之，因为小蛋的"天眼"，村里谁也不敢干坏事了，打架斗殴的没有了，小偷小摸没有了，民风十分淳朴，几乎达到了路不拾遗、夜不闭户的境界。

我悄悄问小蛋："你能看见，我咋看不见？"

小蛋头一歪，故作神秘地说："天机不可泄露。"

我的好奇心太强了，许诺了小蛋很多，他才给我说："我有天眼啊。"说罢，他用指头戳了戳鼻梁骨的上方，就是两道眉毛中间那个位置。

我歪着头，左看右看，啥也没看出来。

小蛋眨巴了两下他的小眼睛，说："你是凡人，当然看不出来。"

你瞧瞧，这话说的，当时真吓我一跳。回到家后给娘说，娘说小蛋怕是神仙附体了，不得了。

后来，我和小蛋一起上学，读书。我们大学毕业后，一起分到了老家的县城，我进了一家企业，小蛋进了县财政局。由于都有各自的工作、各自的圈子、各自的家庭，虽在一个县城，联系不多，但我却一直关注着小蛋，当地的各种媒体上不断见到他的名字，看到他的影子，从一个小科员一步步走上局长的位置，成为全省行业系统的劳模。

我干了这么多年，还是一线员工一个，免不了羡慕嫉妒恨，甚至还有一丝龌龊的想法，心想常在河边走，淹不死你小蛋，起码弄得你两脚湿！

直到小蛋退居二线，还真没“湿脚”，我俩这才又联系起来。

那次在酒桌上，我问他小时候开“天眼”的事情，他这才说了实话，当时他什么也没看见，是爷爷告诉他的。爷孙两个私下约定，爷爷的烟袋朝上指，就是头上发光；反之，则是冒烟。

小蛋说，但他相信爷爷的话，相信有一双“天眼”始终在盯着他，所以他不敢有任何的不光彩行为，他才能全身而退走到今天。

灯

周末，小伟回乡下看望父亲。

看到小伟回来，父亲的眼角、眉梢，还有皱纹，舒心的笑意都一起弥漫出来。小伟还算是个孝子，虽然在城里上班，平时没少回家看看，有时忙，回不来，打个电话，或是在微信上视频聊天，真的是远在天边近在眼前，这一切都让父亲自豪、欣慰。

吃罢晚饭，父亲提出要带小伟到海边捉鱼。

晚上钓鱼？黑灯瞎火的能钓到吗？父亲要给自己做鱼吃？还是父亲缺钱花啊？小伟心里打了不少的问号，嘴上还是爽快地答应了。他知道，老还小，人上了年纪，往往跟小孩子一样，会做出一些看似可笑或是愚蠢的事；小伟还知道，什么是孝顺，顺着老人的意思就是最好的孝顺。母亲死得早，是父亲一把屎一嘴饭把自己带大的，风里来雨里去，靠捕鱼供自己吃喝、供自己上学。小伟毕业参加工作后，想把父亲带进城，父亲执意不去，说自己在乡下惯了，说自己还能干得动，每天活动活动筋骨对身体有帮助。小伟也就没再坚持，他心里清楚，最主要的，家里有母亲的影子和味道，父亲舍不得离开。

来到海边，天已经完全暗下来，海和天似乎连接到一块了，只能听到海水不安分的波涛声。

父亲没有拿出鱼竿，没有带鱼饵。小伟以为父亲忘了，正要自责自己没有提醒他，父亲笑了笑，说，孩子，不用鱼竿，照样可以捉鱼。

小伟吃惊不小，心说父亲什么时候会徒手逮鱼了？从未见过，也从没有听说过啊。难道是父亲早就有的绝技，今天要露一手给自己看？

小伟正在胡乱猜测，父亲拉着他来到浅海处，让他往水里看。顺着父亲的手势，小伟辨认半天，才看清水底下有个闪闪发光的东西。那是什么？小伟心里疑惑，正要问父亲，父亲说，小伟，那是蛤蟆鱼，也叫老头鱼，学名安康鱼。

还有这种鱼？它怎么会发光呢？小伟惊诧不已。他又往水里细看，看到这种鱼头顶上有一根钓竿，这根钓竿不时会发出星星一样的闪光，像一只悬挂明灯的钓鱼竿。

父亲说，蛤蟆鱼基本上是吃等食的，平时潜伏不动，以背鳍第一棘的皮瓣为钓饵，诱捕那些趋光的鱼虾类。

说到这里，父亲挽起裤脚悄悄下水，探下身子，手猛地一伸，就抓到了那只蛤蟆鱼。

蛤蟆鱼在父亲手里扭曲着身子，但被父亲牢牢抓在手里。小伟打开手机的电灯，看到这种鱼头大，口宽，胸鳍宽大，尾部细小，背紫褐色，腹面淡色。

小伟呵呵一笑，对父亲说："爹，这就叫作'螳螂捕蝉，黄雀在后'。"

这种鱼肉少，吃起来不过瘾。父亲甩手把鱼扔进了海里，然后继续说道，咱海边好多渔民都喜欢逮蛤蟆鱼，好逮，不费劲。孩子，人跟这蛤蟆鱼一样，不能太出风头。

父亲这是哪里话啊？小伟心里打了个愣。

父亲说，你下乡扶贫，你改造危房，你资助贫困大学生，这些都没错，不要传到朋友圈嘛。

原来父亲天天去自己的朋友圈里转，时时关注着自己呢！小伟恍然大悟，心里一下子热乎起来。天天点赞的不一定是朋友，不点赞的不一定就不是朋友，看来这话真是没说错。

父亲说，你若挺不下来，或是做得不够圆满，让人揪住把柄，可就不好喽。你是单位的一把手，有时不能太招人眼了。

小伟说，爹，我是故意那样做的。

父亲愣怔了一下。

小伟说，我那样做，一是督促自己坚持到底，不能半途而废；二是让大家监督自己，杜绝自己有谋私利的行为，还有一点，就是做一个样子给他们看！

龟儿子，咋不早给我说呢？害得我担惊受怕，好几个晚上都睡不着。父亲说着，拿起拳头轻轻捶了小伟的胸脯一下。

有轮船的汽笛声从海面上飘过来。父亲指着远处的灯塔，自豪地说，小伟，爹希望像你说的，要做灯塔发出的光，不要做蛤蟆鱼身上的光！

小伟依偎着父亲，感觉到父亲的身板还是那样的结实、那样的硬朗、那样的温暖。

回家的路上没有路灯，黑瞎瞎的，有父亲在身边，小伟走得很踏实，一点也不用担心会不会迷路。